My brother,
lives in my body.
DARK櫻薰/NOVEL
薩那SANA. C/ILLUST
004
雙夜
消失的聖物

[人物簡介]

來自聖域的歷練者

[龍夜]

龍族聖龍族族長之子，十四歲時就被家人給趕出去，要他歷練個兩年才可以回家。是個看似天生呆蠢，無害的人，實際上是好奇寶寶，也是個過度依賴人的麻煩製造機。

[暮朔]

龍族聖龍族族長之子，僅有魂魄，居住在弟弟龍夜的心靈一角。有著與龍夜相反的性格與氣質，金錢至上理論，看到好東西會先偷偷摸走。

[龍月]

龍族黑龍族之人，兩年歷練歸來的那一天，就被朋友龍夜給拉出門，指定他為外出的隨行者。

[龍緋煉]

龍族緋炎族族長，被暮朔指定指導者，負責處理龍夜歷練的任務。

[疑雁]

聖域銀狼族少主，在龍夜等人離開聖域時因打賭輸了，所以拜他為師，與他們一起行動。

[風・格里亞]
學院護衛隊的隊長，是名使風的魔法師，手裡總是拿著一把摺扇。

[茲克]
楓林學院校長，是個看不出是老人家的老人，喜歡戲弄自己學院院生的校長。

[艾米緹]
楓林學院的魔法院院長，喜歡與人打賭，個性有點火爆。

[拉莫非]
楓林學院的武鬥院院長，個性穩重，卻很喜歡別人與他討戰。

[賽洛斯・科塞德]
宿舍管理員之一，武鬥院學生，卻惜話如金，喜歡看書。

[利拉耶・斯克利特]
宿舍管理員之一，魔法院學生，雖然個性大剌剌間有點火爆，卻擅長與人交際，同時也兼
的發言人。

[薇紗・凱爾特]
魔法院院生，宿舍管理員之一，來自有名的鍊金術世家，個性火爆，看人不爽就先打再說。

[璐・斯克利特]
武鬥院院生，宿舍管理員之一，利拉耶的表妹，喜歡以表妹的身分去請利拉耶幫忙做事。

楓林魔武學院—

[水世

[光明教皇]
現任的光明教會的教皇，前激進派之首，但還是有發號施令的權利。

[莫里大主教]
九名大主教之一，黑暗獵人的領導者，現任光明教會激進派之首，對光明教皇唯命

[米隆]
九名大主教之一，教會的溫和派之首，性格溫和。

[米那]
九名大主教之一，與兄長不同，個性有些火爆，是屬於教會溫和派的人。

[菲亞德・史庫勞斯]
現任的黑暗教會的教王，少根筋、說話不經大腦，很容易讓部下有想要打他的衝動。

[亞爾斯諾]
黑暗教王的左右手，被光明教會追殺時，被龍夜所救。

教會—

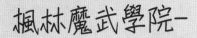

Contents

prologue 影會與情報者

「呦，這裡還是陰森森的呀！」

有著綠色亂髮的青年，推門進入位在銀凱東區商店區的廢棄儲物倉庫，陽光灑入漆黑的倉庫內，顯得無比刺眼，其如入無人之境的舉動，引起倉庫內眾人側目。

這裡是影會暗殺者的集合地點，青年的闖入讓潛藏在內中的暗殺者各自拿起武器，只要青年一有異動，他們就會出手。

青年輕輕笑著東張西望，渾不把眼前的危機放在眼裡。

「主人。」青年身後的老人蹙緊雙眉，對自家主人的「沒神經」倍感憂心。

「別擔心、別擔心。」

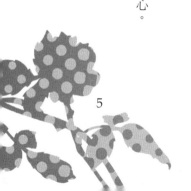

青年回頭掃了老人一眼，目光接著轉移到倉庫中央箱子塔上默默不語的黑袍人，「瑟依，我來送免費情報。」

聽到青年的話後，塔上之人微微抬手向後一揮，那些躲在暗處的黑袍人們隱約點頭後，一一用自己的方式離開倉庫。

「真是配合。」

綠髮青年淺笑著吐出近似玩笑的話，「我說瑟依，你居然把你的部下撤光，是不怕我在這裡把你做了？」

影會首領，瑟依，絲毫不把青年的話放在心上，「少廢話，說正題。」

「好、好，都當上首領了還這麼心急。」

綠髮青年裝模作樣的搖頭嘆息後，揚了揚手；老人見狀，對青年鞠躬後退到門外。

等破舊倉庫內只剩下瑟依和綠髮青年，室內氣氛並不嚴肅的依然隨意。

瑟依既然不反駁對方說自己心急的話，也就不介意直撲主題。

「有話快說，珀因。你葫蘆裡賣什麼藥我會不清楚？你願意提供免費情報，一定有什麼事想要借我們的手完成，就不要裝了。」

★雙夜┐消失的聖物（下）/PAGE 004

「真是不討喜的合作對象。」

名為珀因的破舊旅社神祕情報組織之主，沒好氣的聳聳肩，揚聲道：「瑟依，光明教會來找你了吧？」

「……你們是狗不成？連這件事也知道？」

瑟依忍不住皺眉，光明教會的委託是私下進行，尚未派人處理，偏偏珀因知道了，那他必須重新評估這件任務的危險性，是不是該儘快撤回潛藏在學院內的部屬。

「別緊張，我們有特殊的管道。再說，世上沒有不透風的牆，你們的情報隱密雖隱密，依然不能瞞過我們。」珀因抬手指著自己的左眼，輕聲地說。

珀因話說的輕鬆，瑟依更不好受。

對方的話像是一把名為「威脅」的利刃，抵在他的心口，讓他喘不過氣。

「哈啊。」珀因無視瑟依銳利的目光，打了一個呵欠後說道：「我們只是小小的情報組織。」

瑟依哼聲道：「印象中，毀在你們手裡的組織不少。」

光是賣情報就可以毀掉無數組織的「小小情報組織」，瑟依定然不會小覷。

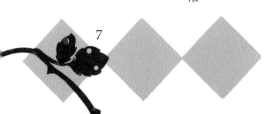

「之前是你催我說正事的，其餘的小事我們先全部放旁邊吧。」珀因抬起雙手，做出朝旁邊擺放的動作，繼續說道：「我想要知道光明教會委託你們什麼，除了暗殺那四名院生之外，他們額外給你們處理的工作。」

「你這是獅子大開口。」瑟依冷冷地說：「你們不是情報組織？」

很可惜，瑟依並不知道，珀因在自己的組織內是出了名的臉皮厚，就算被諷刺擁有情報組織卻靠自己查不出來，需要登門踏戶的親自詢問，他也不以為意。

「沒用的言語挑釁就省省吧？」珀因像在暗示什麼。

「先說你的情報。」

瑟依會意的說起正事，能讓珀因主動放棄廢話，這是好事。

珀因撇撇嘴，「好心警告你，光明教會要你們處理的人不是好惹的對象。」

「這不需要你特別提醒。」瑟依皺了皺眉，如果對方好解決的話，光明教會才不會委託他們。

「話別回那麼快，我還沒說完。」

珀因主動地拋出點有用的情報，「光明教會至今有不少人栽在他們的手裡，這點有告訴你嗎？」

「大概猜得出來。」

「如果說，連我的人也栽了呢？」

「怎麼說？」

瑟依一聽到這句話，精神瞬間來了。

「瑟依你應該清楚，我這邊的暗樁埋的有多深，又有多難挖，偏偏還是被對方找出來了，由此可以確定他們某方面的『神異』，那是你的人在他們面前也無法隱藏的特殊能力吧？」

珀因對此可以精準的判斷，「你想對付他們的話，一定會輸。」

「……你這話不像是警告。」

瑟依頓時無語，珀因這席話在他聽來，根本不是好意，而是挑戰，因為他的暗殺者們喜歡挑戰強者，面對強大的獵物，他們越是有狩獵的欲望。

「另外，別費心去找他們的情報了。」

聞言，瑟依只是微一揚眉，看著珀因繼續說下去。

珀因微微苦笑道：「就連我們也只能找出他們出現在學院後的情報，過於詳細且私人的部分，我們試過幾種方案，可惜全沒奏效。」

「嗯？這麼神祕？」瑟依低喃道：「難怪光明教會要額外找人處理。」面對資料不詳的獵殺目標，光明教會因此而碰了一鼻子灰，不想再將人力耗費在這些人身上，才決定請暗殺者出面吧！

「好了，我說出兩點你可能要碰壁數次才能得到的情報。那麼，你可以說說你那邊的『有趣』情報了吧？」

珀因淺淺一笑，極有信心的催促。

瑟依思考了一下，對方提出的兩點情報看似不起眼，實際上如果沒有往裡頭填幾條人命、附加幾次的失敗，大概很難發現這些，確實是有幫上忙。

就在他剛準備開口也拋出點東西時，卻被珀因搶先打斷，「我的目標是你那裡全部的光明教會情報，一個環節都不可以少。」

然後，寂靜籠罩了整個破舊倉庫，沒有任何人出聲。

過了很久很久，瑟依的嗓音劃破寧靜，緩緩地說：「我有好處嗎？」

「這嘛，如果我能有，就不會少你那一份。」

珀因這次是難得大出血的慷慨，瑟依不由得心動了。

原本他想隨口說點事情當交換，如今不一樣，既是合作關係，情報的交流便可以再往上一層樓的深入……

chapter 09 商會地下室

突然出現在菲斯特商會門外的紅髮青年，讓正準備與格里亞等人一起重新進入商會的龍夜當場傻住。

為、為……為什麼會在這裡看到他？

席多大大剌剌的從龍夜身邊走過，絲毫沒有注意到，等他走進商會才發現除了他之外，其他人全停了下來，他這才轉過身，看到那個眼神有些危險的紅髮青年。

像是能讀懂人心一樣，和某個人同樣危險的眼神。

席多抓了抓頭髮，眉頭皺起，想起進門前聽到的一句「不介意我過來這裡找你們吧」，看來這人的目標是他們囉？

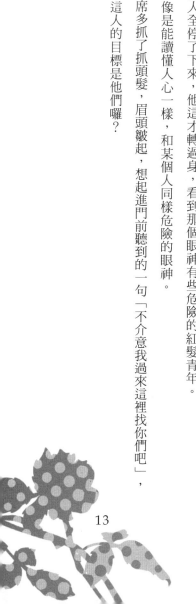

他忍不住回頭走出商會，想對紅髮青年發動習慣性的廢話攻擊，「欸，你是誰呀？為什麼會出現……唔、唔唔唔唔唔唔（風、風你給我放手）！」

下一秒，席多．隆慘被格里亞「滅口」。

「抱歉，我的部下話太多，如有冒犯請見諒。」

說完，格里亞瞪了瞪被他摀住嘴發出哀鳴的席多。

「唔……」

席多想要繼續掙扎，格里亞立刻除了摀嘴的手，還追加「勒頸」的笑著提議道：「席多，這裡人多嘴雜，你可以先閉嘴嗎？或者，你是想要被我的扇子劈出這裡，讓你少走幾步？」

威脅一出，席多冷汗直流。隊長好恐怖，為什麼每次威脅人都是用風刃！

很明顯的，席多嗅出一股不尋常的氣味，平常他再多話，他們家隊長都沒有糾正過，怎麼這回才剛出聲就被「滅口」？這其中必定有鬼。

為了防止自家隊長的風刃劈過來，他還是先靜觀其變。

只是，出乎他的意料，當他靜下來，隊長也放開手後，先說話的是另一個人。

★雙夜 消失的聖物（下）/PAGE 004

龍夜露出緊張神態，一步一停的慢慢走到紅髮青年身前，發出怯怯的嗓音。

「緋、緋煉大人……啊，痛，格里亞先生，您為什麼要打我？」

龍夜摀著發疼的後腦勺，無辜地轉頭，看向手持銀白色摺扇的格里亞。

「小助手給我安靜。」格里亞晃了晃摺扇，「想通知某些人你在這嗎？」

一邊說，他持扇的手一邊劃圓指向附近經過或進入商會的人潮。

如果龍夜沒有看錯，方才有些人從他身旁經過時，確實刻意朝他們看了幾眼。

看格里亞一視同仁做出「糾正」的動作，席多的心裡稍微平衡。

「咦？會被人注意？」龍夜下意識摸摸頭髮，朝抓起的一小撮髮尾看去。

嗯，還是黑的。龍夜完全搞錯方向，內心鬆了口氣。

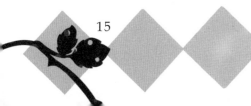

「唉，小助手，我說過要你別露出那種你是可疑人士的表情和動作，我又不是說你的偽裝，我是說你的聲音，先聽清楚我的話。」

「是，對不起。」

龍夜低頭道歉後，趕緊摀住自己的嘴。

龍緋煉靜靜看著格里亞和龍夜的互動，比如格里亞的細細叮囑和龍夜那副乖乖聽話不敢違背的模樣，不禁露出似笑非笑的古怪表情。

好死不死的，龍緋煉露出的不明笑容時被剛好轉過身的龍夜給瞧見，他的心臟差點漏跳半拍。

「怎麼了？這樣好奇的看著我。」龍緋煉明知故問。

還記得不能說話，龍夜僵直著身體努力搖搖頭。

「是嗎？」龍緋煉惡意的提問：「你是想知道我為什麼會在這裡？」

「沒……不、不是，我想知道。」龍夜差點說錯話，趕緊改口。

要是不順著這個問題點頭，難不成要自尋死路的說他想知道緋煉大人為什麼笑得那麼可怕？咳，他腦子還沒壞掉，這麼危險的話題最好不要提起。

至於緋煉大人在楓林學院內好好的，會在這時間點出現在這裡，不是有要事處理，就是無聊到想要找事做，而這兩種可能，龍夜猜想後一種機率更高。

「嗯？想知道？那麼……」龍緋煉看向格里亞，懶懶地道：「其他人先進去，你跟那傢伙留下？」

說是其他人，但站在門外的人除了龍緋煉，僅有龍夜、格里亞跟席多三人而已，這句話的潛藏意思顯然是他希望席多主動一點，自行離開。

然而，席多身為護衛隊的副隊長，說什麼也不可能摸摸鼻子，乖乖聽話。

「你不要太……」

過分二字他來不及說出口。

格里亞手中摺扇嘩的展開後，以攤開的扇面用力朝席多的臉上拍去。

在追加力量後，整個扇面的攻擊力度可比合起來的扇子殺傷力大多了，席多被打痛的倒退兩步，怒火先消了一半，取而代之的，是無數個問句。

通常學院護衛隊遇到比己方還要跩的人時，他們的格里亞隊長會反過來殺殺對方張狂的氣燄，這次怎麼會順著對方的意，幫助對方欺負自己人？

——有鬼！

席多以他家人的名譽發誓，格里亞心中真的有鬼，該不會這位隊長大人有把柄在紅髮青年身上，不然哪會急著趕他走。

「席多別鬧，你進去等我。」

格里亞將扇開的扇子收起，用扇尖戳了戳某人。

席多很好奇格里亞的這些異常舉動，記得這一切是開始在那位據說要跟著格里亞的小助手龍夜的出現，對了，龍夜從紅髮青年出現後就一直在他身旁……

席多得意的揚起嘴角，指著龍緋煉，「風，你和他認識？」

「沒有。」兩人異口同聲的否認。

幾乎是同時間，格里亞和龍緋煉回話的速度之快，讓龍夜和席多愣住。

說不認識的這兩個人默契太好了吧？

「嗯，果然認識。」席多頷首，「所以小助手是那個人的？你是在幫那個人養小助手？」

下一秒，席多就被惱羞成怒的格里亞用風刃狠狠劈到菲斯特商會裡面。

「真是的，都叫他快點進去。」

格里亞忍著怒氣，雙手緊抓著銀白色摺扇，仔細聆聽，還可以聽到「喀喀」的扇子哀鳴聲。

龍夜看著摔進商會造成一場小混亂的席多，發出無聲的笑。

面對格里亞的發怒趕人，席多會認為這是惱羞成怒，而龍夜單純的認為，格里亞這麼做是對席多好，如果席多再不走，等到緋煉大人動手，就不是被風刃砍的等級。

雖然格里亞對席多不是動手動腳、就是說話尖酸刻薄，可是一旦遇到隊員會被他人欺負的狀況，就直接扮黑臉，搶先一步把自己的隊員給趕走，真是個好隊長。

這讓龍夜對格里亞的好感度又上升一分，更是加強想要協助格里亞工作，與自己一定要好好學習的決心。

「噗。」

龍緋煉聽完龍夜的心聲，不禁笑了。

龍夜對格里亞的誤會太嚴重，如果他是好人，暮朔就可以當善人。

格里亞會跑去扁自己的隊員，只是因為一個小小的理由。

那應該算是熟人才會知道的事情。

——自己養的人只可以給自己欺負，給其他人動手？除非他看不到，否則絕對不會允許這件事在他的眼前發生。

面對隊員可能被別人欺凌，格里亞自然會為了保障自己的權益，先將人趕走。

從龍夜知道暮朔的「治療者」是格里亞之後，誤會層級持續飆高，看到龍夜那誤會很大的崇拜眼神，瞬間，龍緋煉覺得暮朔沒有看到這個好笑的場景，太可惜了。

龍緋煉朝龍夜的方向看去，正打算把暮朔叫起來看精彩好戲，才發現暮朔是醒著的，只是目前與龍夜處於聯繫中斷，他看暮朔在心靈空間裡，狂敲地面大笑，就知道那些「誤會」場景暮朔都搶先收入眼底。

『別笑呀，他看起來挺可憐的呢！』

龍緋煉對狂笑的暮朔拋去一段訊息，雖是如此，他的表情可以被稱為笑容滿面。

『有嗎？看他那模樣，似乎玩的挺開心，我可是一直忍笑到你來。』

暮朔又敲著地面笑了好一會，才喘著氣爬起來，『你別老是跟我說話，離開商會暗道時，我就跟夜說我要睡了，你這樣跟我說話，會害我破功。』

『是嗎？我倒是認為，他放棄問你是不是醒著的，直接隨便你說睡就睡、說醒就醒，是已經被你嚇習慣了，習慣到心裡老防著你其實沒睡的等著被你嚇。』

龍緋煉不是信口開河，是改讀龍夜的心聲後，發現暮朔的一下醒、一下睡，或者是直接單方面切斷聯繫，對龍夜「幼小」的心靈來說，真的營造出一種恐怖的氣氛。

『會嗎？以前我常這樣嚇他，他還是會被我嚇到鬼叫。』暮朔不當一回事。

『你沒聽過此一時彼一時嗎？之前他把你的行為當作惡作劇的小把戲，現在就不同了，經歷過你的靈魂受傷昏睡，你的每次忽然沉默都可以算是他的心臟大考驗。』

暮朔對此並沒有做出任何回應。

龍緋煉發現暮朔不再說話，目光移回格里亞身上，他正從商會中心滿意足的走出，看來趁著自己和暮朔心靈通話時，格里亞絕對在裡頭對某下屬好好「照顧」了一番。

也是，按之前相處的情形看來，那個叫席多的才不是一道風刃能擺平的。

「處理好了？」龍緋煉故意的問。

「好了，你有什麼話快點說，我和小助手沒有什麼多餘時間陪你。」格里亞確定席多不會溜回來偷聽，心情好很多的催促龍緋煉。

「嗯，不會耽擱你太多時間。」龍緋煉食指伸出，朝菲斯特商會旁邊的巷弄比了比，道：「那邊，應該比較好說話。」

「覺得我們在這太顯眼？」格里亞聳肩問道。

畢竟他們站在商會門口有一小段的時間，期間有一些人陸續進出，他們堵在門口不進也不出，還上演用風刃砍人的戲碼，就算原本不顯眼，現在也夠顯眼了。

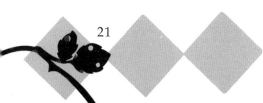

「……緋煉大人沒偽裝就直接過來，不怕被發現？」龍夜小聲地問。

他們的緋煉大人果然很大膽，完全不怕行蹤洩露，如果被光明教會的人發現通緝中的人就在這裡，那他們肯定慘了。

龍緋煉聽著龍夜的心聲，不想被誤解自己太隨便的皺眉，「我有我的方法。」

「是。」龍夜不會懷疑眼前這位大人的能力。

「你是不是想抱怨你有認真設想很多，我卻什麼都沒做？」

「沒、沒，沒沒沒沒沒有。」龍夜結巴的拼命後退，被這話嚇到了。

但下一秒，龍夜就知道龍緋煉為什麼要故意嚇他。

原本格里亞正要照著龍緋煉的意思去旁邊巷道，聽到他與跟龍緋煉的談話，神色有些不悅，「小助手別忘了你現在是在上班，快點過來！」

格里亞這一喊，龍夜頓時大窘，他完全忘記自己還在工作，不過，格里亞先生果然是好人啊，又像維護席多一樣，聽到緋煉大人為難自己就開口。

「噗。」龍緋煉滿足他看戲的心願，笑到瞇起眼的移開視線。

龍夜無力了，就說緋煉大人是無聊才會過來的，居然還玩弄他。

「小助手，我在喊你，聽到沒有？」

「喔喔，好。」龍夜趕緊回過神。

接著，格里亞下一句的碎碎唸像故意要說給他聽的傳入耳中。

「就因為你看到朋友太開心跑過去，我才會被席多誤會和你們認識……」

「對、對不起，格里亞先生，我下次不會犯了。」

心知自己給對方添麻煩的龍夜乖乖跑回去，並且認真道歉。

「嘛，這樣才對。」格里亞假裝有點生氣的把他抓到身後「放好」。

隨著他的舉動，商會內一直緊盯著他這邊動態的席多，露出「好可惜」的表情。

他就知道，剛剛龍夜再不過來，只怕他們一談完，席多又會跟蚊子一樣一直在他的耳旁吵，說小助手根本不是他的助手，是龍緋煉跟班什麼的，還有他們一定認識啊，才能讓小助手工作時間開小差去跟朋友聊天之類的，就為了給他添不痛快。

想到這裡，格里亞就想掐死龍緋煉，沒事給他一個超級大麻煩做什麼，現在他的部下都用小助手來做話題說他閒話了。

龍緋煉聽到格里亞心中的抱怨，嘴角弧度越發上揚，心情好極了。

他是不是該說，請格里亞暫時多多擔待？

暮朔不是小氣的人，如果龍夜的訓練有所進展，「免費勞工」這四個字絕對不會出現在格里亞身上，暮朔一定會偷偷貼好處給他。

只是這些好處，格里亞必須要等他將「正事」處理完畢，才能夠收到。

想到這裡，龍緋煉好奇地問了一下暮朔。

『貌似你家那個小鬼對風的「好感度」持續增加，這樣好嗎？』

弟弟多了一名崇拜對象，對暮朔來說，算是哥哥威嚴不保的危機，龍緋煉就不相信，日後龍夜一直將格里亞的名字掛在嘴邊，暮朔不會生氣。

『嗯？很好呀！這樣以後不用我去催，小鬼自己會自動自發做起事來，我也不用擔心他是不是去增加麻煩等級，還是又去搞破壞。』

暮朔越說越覺得不對勁，反問龍緋煉，『欸，你特地問這個，是想要看我嫉妒格里亞的模樣？』

龍緋煉點頭，『你要這麼說，我不否認。雖然你不介意，但風似乎不樂意，就算小鬼積極幫忙，可風一找到絕佳理由，絕對會把他甩掉，那該怎麼辦？』

現在是他們單方面把龍夜交給格里亞訓練，雖然他們省了訓練龍夜的時間和精力，但這是「短期」，不是「長期」。畢竟，龍夜可是被暮朔稱為「麻煩製造機」，他絕對不相信格里亞沒有聽過暮朔替弟弟取的綽號。

『放心，我在的時候，風那傢伙不會怎樣。』暮朔樂觀地說。

『……如果你不在呢？』龍緋煉很不想拿這件事做比喻，還是故意舉例。

『你不是一天到晚在替小鬼想後路，還幫他搞定龍月，現在剛好，龍夜多了可以學習與仰慕的對象，如果你不在，風又藉機甩掉小鬼，小鬼不就失去目標？』

『唔，你說的也對，如果讓他扔掉小鬼，那就麻煩了。』暮朔被龍緋煉說動，想了想，『儘快給他一點甜頭？讓他心理平衡一下？』

『嗯，你想想看要用什麼做獎品。』龍緋煉不到一秒的反射回答。

『為什麼是我想？』暮朔直覺話題會進展到這，某人是有預謀的。

暮朔不知道，龍緋煉美其名說要給格里亞好處，實際上是好奇暮朔會給什麼東西，想要用這個物品充當魚餌，去釣格里亞這尾大魚，替他做更多的事。

除去這點，他們兩人一般習慣陷害人要陷害到底，不會給任何人好處，但格里亞是自己人，這次把龍夜扔過去又是想偷學他的施術技巧，也趁機讓龍夜「正視」自己，可以說，不止讓格里亞「勞力」，更讓他加倍「勞心」。

所以，就算暮朔和龍緋煉決定龍夜隨格里亞處置，以做「訓練費」，恐怕不夠。

『畢竟，利益至上的格里亞，因為我和暮朔你的關係，收了不能退貨的龍夜，心情鬱悶不說，沒有趁機報復也算是給足了我們面子，這麼前前後後算起來，格里亞太吃虧的話，以後傳出去，大家臉上不好看。』

『這倒是真的。』暮朔沒有否認，人情往來是不能有欠沒還的。

『何況龍夜是你弟弟，你總不能讓我代替你出面給報酬吧？』

龍緋煉這個理由用的不錯，暮朔勉強接受的沉思著。

確定自己鼓動成功，龍緋煉心情極好的走第一個，來到旁邊暗巷，等到格里亞和龍夜隨後進入，不用催促或等誰動手，已經手指輕彈，一顆不顯眼的青石落入地上，形成結界將他們包覆其中。

格里亞看了看四周的結界，有些戒備的打起精神，龍緋煉今天這麼主動？

龍緋煉倚靠著巷道牆壁，瞄著格里亞，以十分故意的不悅語氣開口。

「先確認一下，校長有聯絡你嗎？」

「這嘛……」格里亞用摺扇扇面遮掩住大半張臉，吐出語焉不詳的話，「這要看你想要確認什麼了？」

身為學院護衛隊隊長的他時常與校長連絡，情報交換的速度很快。

再說聽龍緋煉這麼「不愉快」的口吻，校長是幹了什麼好事嗎？難怪今天對方這麼主動，連張開結界這種「苦力活」都搶著做，以往絕對會使喚自己的。

「任務，協助你的工作。」龍緋煉把話裡溫度再降三成。

「哦哦，這件事。」格里亞啪的收起扇子，一副恍然大悟的表情，「難怪校長突然跟我說什麼……你們會過來協助我的工作？」

在他準備進入商會時，校長使用通訊魔法，發了一段訊息過來，這訊息讓他有聽沒有懂的直接擱置一旁，想要回到學院後再問校長，誰知道還沒回去，龍緋煉就來了。

呃，龍緋煉的提問他是真不知道，沒有裝死嫌疑，應該不至於會開打吧？

「嗯。」龍緋煉聽完格里亞的心聲，轉向龍夜，「所以，可以由你負責？」

既然龍夜已經扔給格里亞處理，格里亞在路上也有跟龍夜詳細說明護衛隊的任務處理流程，這件校長的第二項任務交給他大概不會有問題。

「沒有問題！」龍夜雙手握拳，肯定地說。

不論是不是任務，他都一定會把這件工作完成。

「……嗯。」龍緋煉表情古怪的點頭。

要是龍夜難得有自信可以完成，代表這方面沒有問題；格里亞也知道任務一事，代表校長沒有意圖詐騙，這項任務基本上算是分派完成。

至於萬靈藥那邊，是由龍月和疑雁處理。

他們都有事可做，不用在楓林學院內打混摸魚殺時間。

這樣一來，龍緋煉想到自己挺悠閒的，無事可做。

如果按照現在任務的分派狀況發展下去，那位校長就會發現三項任務的一、二項他都沒有做過，這麼一來，第三項任務很有可能會被茲克校長指定由他處理，事態一旦變成這樣，那三項任務全部交由龍夜進行的計畫只能破局。

思及至此，龍緋煉瞇起紅眸，朝格里亞望去，「有沒有缺人？」

格里亞一聽到龍緋煉不懷好意的發言，立刻想要倒地吐血。

龍緋煉問他有沒有缺人？意思是就算沒缺，也要生一個空位給他？

正當格里亞內心猶豫，要不要讓他加入，就聽到龍緋煉拋來一段訊息。

『呵，讓我加入你這件工作，事情應該可以很快解決。』

——你這樣做只會給我惹麻煩！

格里亞憤怒反擊。

『你是擔心你的隊長寶座被我搶了？放心，我對你的位置沒有興趣。』

——我不是擔心這個。

格里亞突然頭痛起來，他原先打定主意等龍緋煉說完話，就直接把他「請」走，誰知道他居然會拋出要留下幫忙的震撼彈。

如果真讓龍緋煉一起行動，他開始考慮要不要把這件任務扔給副隊長席多處理。

『哎呀，別這樣，給你一點好處？』

龍緋煉見格里亞因為他想要插手，心不甘情不願到了極點，直接轉換方向，先幫暮朔收買好格里亞，以免這人收留龍夜不到兩天，就宣告要扔掉小鬼，那就慘了。

『事成之後，其中一個第二項任務會拿到的萬靈藥分你一點？』

一聽到「萬靈藥」三個字，格里亞的雙眼為之一亮。

——你可以弄到？

『都說是第二項任務的其中一個，你覺得呢？』

在這同時，格里亞發現龍緋煉的眼中帶著鄙視，難道這問題很蠢嗎？

他只是想要確認龍緋煉是不是在耍他，免得他又做白工。

沒錯，每次與龍緋煉進行交易，吃虧的往往是自己，而不是對方。

『這次有暮朔在，我不會太過分，該有的好處會給你，不然傳揚出去，名聲肯定會被敗壞，以暮朔重視小鬼的情形來看，這種事他不可能讓它發生。』

瞬間，格里亞不知道該如何回應。

簡單來說，如果沒有暮朔，他是不會有好處拿了？

——知道了，那就這樣吧！

他不想再與龍緋煉爭辯（雖然是單方面的），直接答應要求。

「有，我缺人，才需要小助手幫忙的，不是嗎？」

這是違心之論，格里亞到現在還是非常的不想收龍夜。

格里亞若不是要給龍緋煉一個加入的理由，才不會把這件事拉出來說。

一旁的龍夜聽到格里亞這席話，以為自己真的有幫到格里亞，雙眸發出閃亮光芒，神情顯得有些開心。

「嗯。」龍緋煉頷首，對這個答案很滿意，「那你接著要去哪裡？」

格里亞手腕一轉，扇子尖端輕敲牆壁，「當然是進去裡面調查了。」

不過，在行動之前，他有個問題需要解答。

龍緋煉不用他開口，算是特別贈送的把之前想好的藉口拋出來。

他之所以會裝出不滿的神色，事實上不算是裝，是有些許的不喜。

『為什麼？為了不被那個校長「使喚」，我就得主動做點事！』

「哈。」格里亞非常滿意這個原因。

難怪龍緋煉今天舉止異常，原來是不想被校長以「什麼任務都沒參與」為理由而盡情利用，只得挑他覺得還有點樂趣的任務半途插手。

「好，我們進去。」格里亞快降到最低點的心情瞬間飆升的笑著離開。

龍緋煉同樣心情極好的，在他轉身後才無聲輕笑的跟著邁步。

「咦？」

龍夜一臉迷茫的看看走在最前方的格里亞，再瞧瞧離他不遠的緋煉大人，腦子完全糊成了一團，為什麼起初一臉嚴肅的那兩個如今心情這麼好？

有發生什麼值得開心的事嗎？為什麼他完全沒感覺且不知道！

菲斯特商會內部靠近門口處，有著黑色短髮的藍眼男子不斷踱步繞圈。

好不容易，他望眼欲穿的等了又等，才把他的目標等回來。

「風，你『聊天』聊太久了，我等你等到都快站不住。」

「我說過，席多你身體太虛可以坐在地上等的，不是嗎？」

格里亞不遑多讓，對方使用誇飾法，他就用上激將法。

「誰、誰，誰誰誰身體虛！」席多哽了幾秒才找回廢話的能力，「要不是太無聊了，什麼事都沒得做，我會等到站不住的想睡嗎？」

格里亞冷冷地說：「無聊？明明可以先到『案發地點』等我吧？偏偏你卡在入口處不

動，雙眼更一直往外面飄，太引人注目了。」

席多被格里亞的話給堵到不知道該如何回答。

「算了，看在你當了很久的『人形看板』份上，這次不跟你計較。」

「是，對不起，那現在要做什麼？」

雖然席多平常對格里亞很沒禮貌，也不把隊長的話當人話聽，可是當他知道自己做錯了事，就會立刻低頭認錯。

「進來跟出去的人太多，大概都知道護衛隊的人在商會裡了？」

「除非是瞎子，看不到我穿什麼。」

席多拉著衣領苦笑，他身上是穿著護衛隊的制服，往來的人全看的一清二楚。

所以他先前不是明快的認錯了嗎？他不該忘記現在是任務期間還犯小性子的堵門口，讓不該發現商會出事的所有人都知道已經有護衛隊員介入。

「席多，你知道你要做什麼了吧？」

格里亞拍著席多的肩膀，只是陽光般的微笑讓席多很想扁他。

「格里亞隊長，您是認真的？」席多面對可能會被格里亞甩開的結果，說話口氣變得

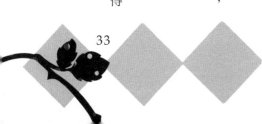

很正經，「您穿的也是護衛隊的制服，我說的沒錯吧？見習的。」

席多轉頭詢問龍夜，毫不猶豫地將他拖下水。

心知隊員打什麼主意的格里亞直接命令，「席多，去找妃雅，看他們想做什麼。」

「咦？隊長你說什麼，你要我找妃雅？」

席多懷疑是不是錯覺，隊長這個突來的命令似乎有點危險？

明明離開商會暗道前，格里亞就把菲斯特兄妹和米雅迪絲趕走，怎麼又說要看看他們？那一開始何必把人給趕跑，是突然發現了什麼嗎？

「想不明白？光是你穿著護衛隊制服站在門口這麼久，往來的人這麼多，每個人還忍不住看你幾眼，商會的人卻沒來找你『關心』，不感到奇怪？」

格里亞這番話讓席多呆住，是啊，這點是挺不對勁的。

「你去看看吧！」格里亞無聊般，輕輕打了一個呵欠。

「嗯，好。」席多確定這部分是需要一個人過去關切，只得服從命令，可是離開前仍不忘對龍夜說：「見習的，記得你答應我的。」

「我知道，請席多先生不要擔心。」

★雙夜┐消失的聖物（下）/PAGE 004

龍夜知道席多說的是監視、陪同格里亞的事情，點頭表示沒問題。

席多確定龍夜那邊不會出現異動後，這才安心離開。

格里亞面對自家副隊長與小助手的聯手，瞬間想要把龍夜一起趕走。

一旁的龍緋煉看格里亞愁容滿面，不知道如何應對龍夜，就覺得這次跟著格里亞行動是對的，他光是看格里亞煩惱的模樣，就夠值回票價。

就在單飛失敗的格里亞，帶著一群拖油瓶開始行動後……

沒多久，龍夜和龍緋煉隨著格里亞來到了商會地下室。

只是格里亞一踏入地下室，臉色頓時一沉。

「怎麼了，這裡有問題嗎？格里亞先生。」龍夜一直在格里亞身後注意他的情形，在察覺格里亞一閃即逝的陰暗表情後，緊張發問。

對於龍夜的關心，格里亞只是直視前方的冷冷哼了一聲。

如此不善的語氣和動作，讓龍夜嚇得向後退了幾步。

他有做錯什麼嗎？應該沒有吧！龍夜在內心自問自答。

「嗯，稍微加一點分。」格里亞聲音極低，還是落到龍夜的耳中。

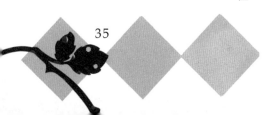

加分？這話又讓龍夜茫然了，這是加什麼分？

格里亞沒有理會龍夜，搖了搖銀白色的摺扇，專注的望著地下室。

「這裡少了東西？」

龍緋煉紅眸微動，將地下室內的物品和擺設收在眼底。

「嗯。」格里亞點點頭，「這裡被清乾淨了。」

他從菲斯特兄妹的腦袋裡「偷」出的記憶所看到的地下室，是前面乾淨、後面雜亂的地方，因為後段地面會有許多碎裂的透明碎片。

現在放眼望去，只看到周圍堆放的商會物品，插在左右兩邊牆壁上的白色匕首早被拔除，地面的透明碎片也被清掃乾淨，連一塊碎片殘渣都沒有。

看這裡乾淨到一點也不像是被人潛入偷竊的模樣，格里亞心中頓時有想要把那些商會高層拖出來暴打一頓的衝動。

那些人一方面要他們學院護衛隊負責失竊案、一方面又掩蓋被偷竊的事實，這根本是希望他們不要深入調查，草草結案，最好不要找到兇手，把被竊的鏡子拿回。

格里亞持扇的手一緊，難道商會的人不知道，他們越是想要掩蓋「事實」，他風·格里亞越不會介意把這些事實挖出來，弄得人盡皆知嗎？

龍緋煉用自己可以聽到的音量說出判斷，「哎呀，生氣了。」

格里亞一向只准自己耍人，而不願被人戲耍，面對商會的「不合作」態度，反而會激起他的鬥志，最後不該做的事，他也會一不小心就「順手」去做。

惹火格里亞的商會，看來要遭殃了，又有好戲看了，真期待。

「這裡原本有什麼東西？」龍緋煉強裝無事的故意發問。

雖然格里亞知道他會讀心，但龍夜不曉得格里亞與他是認識的，龍緋煉只能假裝自己什麼都不知道，從頭問起。

格里亞翻了翻白眼，對於龍緋煉的明知故問，非常不想回答。

他乾脆手指輕彈，將從諾雷伊那邊偷來的記憶複製一份給龍緋煉看。

龍緋煉眨了眨眼，將格里亞拋給他的訊息看完，「哦，少的東西還真多，不過，留給他們的清掃時間太緊迫，似乎沒辦法清理得很乾淨。」

「緋煉大人、格里亞先生，這裡還是留有匕首的攻擊痕跡。」

在格里亞說出「清乾淨」這個詞時，龍夜就自發檢查記憶裡有改變的地方，他先到最近的白色匕首刺入處，發現上面還是有深深的刺入痕跡。

只是對武器沒有研究的他，頂多是可以借由匕首的刺孔來判斷這把武器的寬度和銳利程度，至於長度跟鍛造材質什麼的，他可沒辦法跟那位變態的哥哥大人一樣，隨隨便便就能專業的弄清楚、說明白。

遇到這狀況，就算不想依賴暮朔幫忙，還是要請這位專業人士解答。

龍夜一面擔心會被暮朔痛罵，一面在內心叫喚據說要去休息的哥哥大人。

當龍夜喊了七次左右，終於聽到暮朔睡醒的呵欠聲。

『暮朔、暮朔，我有事想要請教你。』

龍夜想，應該是暮朔快醒了，才這麼容易被叫醒，趕緊把握機會。

但是龍夜不知道，暮朔這位邪惡的哥哥從頭到尾都是清醒的，只是裝睡而已，他故意發出呵欠聲，混淆視聽。

『呵啊，什麼事？你這次居然沒有蠢到直接開口說話？』暮朔故意調侃龍夜。

『唔！』

龍夜被問懵了，哥哥大人一開口就是言語攻擊，該不會是還沒睡飽，他打擾到暮朔的睡眠，所以起床氣冒出來了？

『別想太多，我就事論事而已。』暮朔低笑著，『有什麼問題找我？』

『專業的問題，不明白想要請教你。』

可能是被格里亞教訓過，龍夜這次學乖了，有問題就直接發問。

『嗯？你想問牆上的痕跡？不錯嘛，還知道要問我。』

既然是龍夜沒有涉及的部分，暮朔也不會刁難自家弟弟，要他自己去找答案，如果真要他去找，估計明年的今天，龍夜還是兩眼一摸瞎的什麼也不清楚。

『匕首最多是手掌那麼大。』暮朔簡短回答。

「咦？只有手掌大小？」

可能是對暮朔的秒速回答太過訝異，龍夜不小心喊出聲音。

「什麼手掌大小？」

格里亞聽到龍夜的驚喊，走上前看了看牆上的痕跡，心想，這應該是暮朔告訴他的，

「嗯，小助手你說對了，去看看別的好了。」

「喔！」龍夜搔搔臉頰，有點害羞。

格里亞無語的看著龍夜，其實他的意思是，匕首的型號問題不是重點，根本不需要為了這個去吵暮朔，想讓他去找別的線索。

可惜龍夜遲鈍的誤解了他的意思，以為是誇獎的一臉高興。

「噗。」龍緋煉異常的偷笑聲又在某處響起。

格里亞絕望的移開目光，他不要再理龍夜了，還是去做正事吧。

『暮朔你怎麼曉得？』

龍夜雖然被「誇獎」了，還是低聲詢問哥哥大人。

暮朔長嘆，對於自己弟弟明顯的觀察力不足，感到無奈。

『到底為什麼？』龍夜的眼睛裡都快堆滿問號。

『仔細看，能透過匕首留下的刺孔，隱約看到一點光，代表這兩把白色匕首的刃部刺穿牆壁的同時又沒有完全透過去，所以牆壁的深度大約等同刃部的長度，誤差極小。而以牆壁厚度來看，可以推斷匕首只有手掌大小。』

『嗯，是這樣。』龍夜對著刺孔看了看，暮朔說的對。

這麼說來，這是純粹觀察力加判斷力的問題，跟武器專業沒有關係？

『對、對不起。』龍夜現在道歉的速度也比以前乾脆、快速很多。

『下次叫我前，你多想想，這次是我心情好，不找你麻煩，下次再有蠢問題要我回答，我肯定會跟你索要好處的，給我記住。』

『是，我知道了，暮朔你還想要繼續睡吧？那我不吵你了。』

暮朔發出了「嗯」聲，就切斷與龍夜的聯繫。

龍夜不再聽到暮朔的聲音，忽然神色鬱鬱的抱頭蹲在地上。

暮朔可能是靈魂受創剛痊癒的緣故，不能一直保持清醒，需要好好休息，已經很久沒跟以往一樣，將他拉入心靈空間又打又踹。

當然，他百分之百不是懷念暮朔的打罵，他又不是被虐狂。僅僅是，因為不能被暮朔打著出氣，他就換了個方式？

龍夜沒想過，暮朔居然會有要他付諮詢費的一天，他沒有錢可以付呀！

這是要他皮繃緊一點，不要沒事亂叫他？

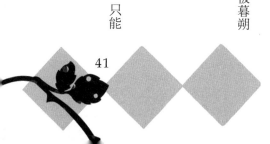

龍緋煉聽著龍夜心中的哀號，笑了，早知道這方法有效，暮朔怎麼不早點用？

可能之前只有他們兩人「教育」龍夜，暮朔沒辦法完全斷絕給龍夜的「支援」，只能用暴力來讓龍夜知道自己錯在哪裡。

現在不同了，多了格里亞的協助，而且龍夜也很聽格里亞的話，那他之前給予的支援就可以慢慢抽離，讓龍夜自己開始學習一個人應對。

好在龍夜現在還不相信暮朔已經沒事，對於叫醒他詢問會猶豫、也擔心會不會打斷他的靈魂休養，不然依照這個問題兒童的發問機率，從他踏入這間菲斯特商會，要問的問題絕對不只這一個。

「格里亞先生，匕首需要跟商會拿嗎？」龍夜看著牆上匕首痕跡，不確定地問。

「不用。」

格里亞擺擺手，「這種情況會被使用的器具大多是常見又普通的，你想要的話，去外頭的商店能輕鬆買到一打，特地去要那個用過的做什麼？」

「看會不會有額外的裝飾什麼的？」龍夜又說。

如果龍夜沒有記錯，水世界的武器好像有製造者的紋飾之類的小刻痕，代表那是某人的作品，於是格里亞不想要索取匕首，讓龍夜非常的納悶。

「哦？還算是有點常識。」

格里亞漫不經心的把玩著手中摺扇，「那你為什麼沒有正常小偷不會在匕首上留有獨特裝飾，好等人找上門來抓他的常識？」

「意思是武器可以不留紋飾？」龍夜有些錯愕。

「對，是這樣沒錯，小助手。」格里亞隨口給了龍夜肯定的答案。

結果自己想的都沒有用，龍夜頹喪的放棄盯著匕首刺孔，回頭看著早早就離開這個沒有多少用處的線索，緩緩往中間區域移動的格里亞。

他來到上頭空無一物的鏡台前，目光往四方移動。

格里亞從偷來的菲斯特兄妹記憶和隊員的報告得知，他目前所站的地下室中央，有一個鍊金術師製作的隱形結界。

那東西，應該是叫做「隱形帷幕」？

從諾雷伊的記憶顯示，那個隱形結界的名字是這個。

只是鍊金術的相關產品有個至今無法徹底解決的小小問題，就是一樣的物品與材料，會因為製作者不同，產生些微的差異。

硬度、厚度，也有可能會被製作者加入一點其他附屬效果，如果找不到碎片，就找不到製造者，也就無法知道商會是跟誰購買的。

「嗯？」龍緋煉一邊看被清掃乾淨的地面，一邊聽著格里亞的心聲。

從一開始，格里亞想的方向就似乎有點奇怪。

一般來說，要找兇手應該是要朝白色匕首的擁有者下手，也就是龍夜突然腦袋開竅，所想到的方向。

縱使龍夜的著眼處稍微偏離了一下，居然只注意到匕首紋飾。

事實上如果能拿到那兩把匕首，他跟暮朔可以有數種方法，從匕首的使用方式、損害結果來推斷使用者的不少資料，這點格里亞卻古怪的直接放棄。

龍緋煉可以當作格里亞不想找擺明就是要扯後腿的商會索取匕首，怕對方到時拿來的是「假貨」，但找碎片……方向整個錯了吧？

要找製作者，格里亞隨便抓一個商會高層，把他記憶偷出來不就好了？

就算要找碎片，格里亞只要派自己的隊員去偷一個出來，整個調查工作就可以結束，不需要在這地下室浪費時間和體力。

『暮朔你醒著，來一起做個腦力激盪？』

『我看你是不甘寂寞，想要找人聊天。』

好不容易切斷與龍夜聯繫的暮朔，受不了地對龍緋煉發出抱怨。

這傢伙是不會看狀況，給他一點休息與清淨的空間嗎？

chapter 10 元素聖物之謎

『我覺得，這傢伙絕對是想要報復，而且機率高達百分之百。』

暮朔非常肯定格里亞此時的心理，畢竟他們認識很久了。

『果然。』

龍緋煉看著格里亞，考慮要不要使用法術，來個所謂的三方對談。

當然，三方對談指的是他、暮朔以及格里亞，龍夜除外。

『問問動機？還是你打算偷聽？』暮朔看龍緋煉將目光移動到格里亞身上。

『禮貌上，應該是用問的。』

龍緋煉手指微動，施展法術，讓格里亞不用出聲，便可以加入他們的談話。

『你懂禮貌？』暮朔忍笑道：『現在是怎樣，當小鬼是死人的跳過他？』

『我沒有當小鬼是死人，只是要聽你的意見，就必須要這麼做。』龍緋煉輕鬆地傳了訊息給暮朔。

——喂，為什麼我會聽到你們的聲音？

忽然聽到暮朔與龍緋煉談話的格里亞，忍不住回傳訊息過來。

現在龍緋煉是這樣打算，心靈通訊部分，是他、暮朔和格里亞對談，而口頭對話部分則是他、格里亞和龍夜。

基本上不論是心靈和口頭，說話的人數不會變，只是回話的口氣會不一樣。

「嘛，你現在對我的意見很大？」

格里亞不滿的問著來到他身旁，皺起眉頭的龍緋煉。

此時的龍夜正趴在地上滿地找碎片，所以他才可以壓低嗓音與龍緋煉對話。

『我跟暮朔很好奇你想要做什麼。』龍緋煉說的直接。

——這是拷問，我要抗議！

格里亞內心吶喊，這兩人是怎樣，從他「正式」以學院護衛隊的隊長出現在他們的面前到現在，這兩人總是處處針對他。

『我沒拷問你，想知道跟拷問差很多，或者你想被我拷問？』

——誰會想被拷問？重點是，你和暮朔聯手對付我。

對此，格里亞感到壓力非常大。

『放輕鬆，不要緊張，我和緋煉又不會把你吃了。』

暮朔的回答頓時讓格里亞無言以對。

難道暮朔不知道，他現在會這麼慘烈，禍源不是別人就是他本人？

『風你現在就覺得慘烈？』暮朔發出賊笑聲，『這樣好了，看在你「費心」照顧我家小鬼的份上，我和緋煉當評分人員，分數累積到一個程度，我就給你禮物。』

——死暮朔，你以為這裡這麼好混，你在聖域的那一套不能在這裡用吧？

『去死！』暮朔沒好氣地說：『你當我是我家那個遲鈍小鬼？來這裡的第一天我就發現了，後來為了改良他們的武器，我花了不少時間研究。』

龍夜他們手中的改良武器嚴格來說，材料全是水世界出品，看他連一個聖域材料都沒敢加上，就知道為了配合水世界，那些武器變得有多「本土化」。

龍緋煉和格里亞聞言，忍不住嘆氣，同樣是初入新世界，暮朔當然得再花時間研究和學習，龍夜一直認為的萬能哥哥也是有步步為營、從頭再來的時候。

只是他用功的時候，龍夜都看不到。

——好吧，你的「禮物」讓我心動，那我就加油、加油了。

格里亞這時不得不動手揉了揉抽痛的額角，一方面是期待暮朔的禮物、另一方面光想到要被問題兒童龍夜糾纏，頭皮就在發麻抽搐。

『直接說吧，你找碎片是想做什麼？』

暮朔拋出問題的一秒後，靈光一閃，不等格里亞開口就說出了猜測，『裡應外合、內神通外鬼？』

——以商會後來的作為，那是最有可能的，不是嗎？

格里亞不是惡意栽贓，實在是這個可能性不小。

『但是昨晚不是有你的人在？還敢這麼做就太傻了。』暮朔不信有人這麼蠢。

——所以就是去看看製造者是誰，問問而已。

格里亞目光飄移的避開龍緋煉質疑的視線，努力穩住不要胡思亂想。

『你以為能騙過我？居然第一時間在研究如何搞倒商會……你是想要被我整死？報復的時機有很多，現在該把目標放在任務，也就是那面鏡子上。』

龍緋煉賞了格里亞一記非常冷的目光，鄭重的宣告，『校長指定的任務我不想浪費時間，你想要跟商會玩，得要等任務結束。』

天知道這任務時間一旦拖長，會變得有多麻煩。

還是趁物品剛被偷沒多久，早點找出來，甩那些商會的人一巴掌。

「你想的也是我想的。」格里亞不再隱瞞，「只是做個樣子。」

說完，格里亞蹲下身體，從木造的雕刻鏡台裡拿出一個小小的碎片。

「用來掩飾實際的追查方向？」龍緋煉表情柔和下來。

「當然。」

格里亞爽朗一笑，獻寶般，晃了晃尋獲的碎片，「我還要大肆宣揚，告訴我的隊員，我找到線索了！」

『順便借此給商會惹禍？』暮朔邪惡一笑，猜到格里亞想做什麼了，『你要找出製作者，把麻煩往他身上扯，讓他誤以為商會想陷害他而拒絕再交易？』

——當然。

格里亞手掌一翻，將碎片收起。

——商會敢這樣要我，就別怪學院護衛隊翻臉。

龍緋煉面對意外合拍的暮朔和格里亞微微搖頭，雖然他們知道重點是那面遺失的鏡子，還是會不自覺的想到「報復」的事。

『暮朔、風，注意先後順序。』

『會的。』

——好啦！

聽到那兩人不以為意的搪塞回話，龍緋煉長長地嘆了口氣。

凡事總有先後順序，這兩人偏偏是想到什麼就做，到最後總要他幫忙善後。

這得說，怎樣的人就會教出怎樣的小孩，端看賢者的自以為是、一去不回，可以猜出格里亞跟暮朔接下來的行動會是怎樣的難以捉摸和沒有規矩。

「嗯？格里亞先生您找到什麼了？」

龍夜終於把地面摸了一遍，來到格里亞和龍緋煉並立的地方。

之前聽到「清掃時間太緊迫」的話後，他有乖乖的趴在地上尋找，遺憾的是運氣不太好，連半個碎片的影子都沒瞧見，結果一走過來，依稀聽到格里亞說「找到線索」之類的，可他左顧右盼，依然沒見到格里亞找到的線索。

「我收起來了。」

格里亞拿出摺扇，推了推龍夜的額頭，「等等走出去時還拿在手上，不就告訴商會的人，我找到的線索是什麼樣的？」

龍夜摀著被扇子戳紅的額頭，「說得也是，那格里亞先生找到什麼？」

他的好奇心被格里亞點燃了。

格里亞對上龍夜求解答的渴望星星眼，眼角抽了一下，「先別問，到時候你就知道了。如果要問，就問問你朋友？」

格里亞微笑地將問題拋給龍緋煉，他非常篤定，龍夜不敢問的。

——暮朔你能不能管管你弟的好奇心！

嗯，看來格里亞對於口頭與心靈兩方同時談話已經很得心應手了。

『我摧殘他這麼久，他都沒有改，你覺得呢？』

——我看是你在放任他吧！

有個好奇心一來，就「徹底放縱」的暮朔，這方面自然不會多管龍夜。

「好吧，既然線索找到了，接著要去哪裡？」

礙於不能中途離開，龍緋煉決定若無必要就全程旁觀，頂多裝模作樣的在人前時由他設設結界啊、給點提示什麼的，來證明自己「有出手」。

「去情報販子那裡問情報。」格里亞按流程做事中。

「嗯，順便問問鏡子？」龍緋煉順口要求。

「……你對鏡子有興趣？」格里亞表情有些古怪。

——聖物這種東西，非這個世界原始居民的我們到手也沒用的。

「呵，我只是想知道怎樣的委託物會讓商會想要又不敢要。」

龍緋煉說完，對格里亞拋出一段訊息。

『我的意圖很明顯？』

——你完全沒有掩飾！

「格里亞先生，緋煉大人是說真的，頂多是借來研究一下，不會有別的私心。」

龍夜輕壓著耳朵，硬是插了句話。

那是暮朔逼他說的，像要證明他對鏡子也沒有別的企圖。

他意外的是，暮朔聽到鏡子的話題，會突然爬起床嚇人。

「小助手，你耳朵痛啊？」格里亞看了看龍夜壓耳朵的手。

「沒、沒有，是習慣性動作。」龍夜沒想到格里亞會注意到他的行為，有點嚇到。

「這習慣要改，這動作在別人的眼裡很不禮貌。」格里亞皺了一下眉，建議著。

格里亞知道龍夜其實是被暮朔嚇到，但是不知情的人會以為是自己說話讓對方感到不耐煩。

而且格里亞有發現，當龍夜壓耳朵的時候，就是他提問一些出乎意料的問題，也就是暮朔逼他傳話的時候。

他怕龍夜這個動作養成習慣，會被人懷疑他是不是有什麼特殊原因，比如被誰影響什麼的，然後如果暮朔被連帶著查出來，他一定會殺了龍夜。

「咦？真的？」龍夜一看到格里亞嚴肅點頭，趕緊放下手。

『暮朔，你下次可以小聲點嗎？我被罵了。』

龍夜向暮朔抱怨，這下子糗大了，他的行為是不是惹格里亞生氣？

記得副隊長席多偷偷跟他說過，笑著的格里亞很恐怖，因為不知道他是在開心還是生氣。

『嘖嘖，是你大驚小怪，我這是不收費的好心「解釋」，你還怪我？』

『那、那個……』龍夜一想到諮詢費三個字，忽然卡殼了。

暮朔嘖聲道：『那位隊長大人沒有說錯，壓耳朵的動作很不禮貌。要是你被我唸，耳朵會痛才用手壓，那還有道理，偏偏你不會痛，那壓耳朵做什麼？』

這是心靈對話，又沒有「聲音」去刺激耳朵，根本不會有影響才對。

聽到暮朔這些話，龍夜不知道該如何反駁，他才沒有膽子說是對暮朔的話不耐煩，看來他還有很多事情要學呀！這下子真的要戒掉這個壞動作了。

如果這次沒有格里亞提醒，那自己以後萬一因此惹火別人，不就很慘？

對此，龍夜再度發自內心認為，格里亞的隊員會這麼的崇拜他是很正常的，雖然平常被他打罵著，但格里亞他說的全是對的！

『噗——』

My brother,
lives in my body.

★雙夜┐消失的聖物（下）/PAGE 004

「哈。」聽到龍夜心聲的暮朔和龍緋煉接連發出笑聲。

——笑什麼？我又沒有說錯。

格里亞忍住回頭罵人的衝動，對他們兩人喊道。

『沒事、沒事，你可以繼續。』暮朔忍著笑，要格里亞繼續處理。

「就算你再想知道鏡子的事，在學院尚未決定公開前，或者是校長願意與你分享這部分的情報前，都與你無關。」格里亞以學院護衛隊隊長的身分拒絕。

「光明教會。」龍緋煉悠悠的吐出一個組織。

簡短的四個字，格里亞一點就通。

「我知道了。」格里亞點點頭，「你認為鏡子被竊的事與光明教會有關？是因為今天來贖人的大主教？」

一旁的龍夜聽得一愣一愣，他記得光明教會的大主教從出現到離開，都沒有提過有關於鏡子的事情，這樣一來，龍緋煉不就是自曝自己會讀心？

龍緋煉點頭，不把龍夜傻眼的神情放在心上，對格里亞說：「你還記得我為什麼突然不開條件？」

「印象深刻。」

可以狠狠坑光明教會一筆的好機會就這樣飛了，格里亞記得非常清楚。

「我想他們是有什麼目的，才願意冒著危險到學院贖人。」

由於龍夜先前不知道他與格里亞已經達成協議，現在只是故意說給他聽。

「所以，你認為商會被竊走的鏡子與光明教會有關？」格里亞發出唔聲，故意露出苦惱的神情，「你有證據嗎？」

「我肯定光明教會的目標就是被偷走的鏡子，我想要知道鏡子的『真正』來歷。」

不管龍緋煉怎麼推測，在時間對照下，米那大主教腦袋裡所想的鏡子應該就是格里亞他們所要調查的盜竊案失物。

「光明教會要這東西？」這倒是讓格里亞很訝異，也不需要做戲給龍夜看，「你怎麼知道？」保險起見，格里亞還是補上了詢問。

「你以為我真的無聊沒事做？」

龍緋煉輕笑，毫不掩飾地說：「我只是稍微調查了一下，看看那些人想要做什麼，誰知道讓我查出一面鏡子。」

004

「所以，光明教會想要鏡子？」龍夜的目光移到格里亞身上，看他要怎麼辦。

「我想，你知道那是什麼東西吧？學院護衛隊的隊長倒是有不少好用的小把戲。」龍緋煉暗指格里亞偷竊別人心裡所想的能力。

「好吧，我說，那個東西十之八九是元素的聖物。」格里亞丟下答案之後，轉身朗聲道：「小助手我們走，時間不等人的。」

「咦？」龍夜錯愕，話題完了嗎？

「別咦了。」格里亞揮扇朝龍夜的頭敲去，「我說過什麼？」

「格里亞先生您要做什麼都不要有疑問，我只能照辦。」

「對。」說完，格里亞直接走出地下室，離開菲斯特商會。

在商店區內的一處小暗巷，一名身穿黑袍，看不清是男是女的人躲在巷道陰暗處，在最不會引人注目的角落，定定朝街道望去，關注著往來人群。

當他看到一名經過的黑髮男子，立刻張口招呼。

「菲亞德，過來這裡。」

菲亞德隱約有聽到朦朧不清，像是有人叫喚的聲音，疑惑的東張西望。

很顯然，不是他的錯覺，是真的有人喊出他的名字。

當菲亞德的目光看向某個暗巷時，一隻手從巷裡探了出來，對他招手。

對方像是怕他不會跟上，還特地等了好一會，確定菲亞德往這裡開始移動，才迅速往巷道深處跑去。

菲亞德緩緩走在巷弄內，猶豫著該不該繼續跟下去。

因為越往暗巷深處前進，黑袍人快步跑離的速度越快，怎麼看，對方都像是在引誘他深入，懷疑這是一個陷阱，才想儘快離開，繼續趕他的路。

因為他現在要赴一場邀約，如果他遲到，對方又要絮叨好久。

礙於自己耳朵可能不保，好奇跟赴約這兩個選項，菲亞德選擇了赴約。

他沒想到才準備放棄跟隨，遠離的黑袍人回過頭，拉開帽沿，露出了臉。

菲亞德見到後，不禁傻眼。

「這傢伙在做什麼？」菲亞德瞠大雙眼，不敢置信。

My brother,
lives in my body.

★雙夜┐消失的聖物（下）/PAGE 004

前方的黑袍人不就是他要赴約的對象？

既然神祕黑袍人是赴約對象，他不再拖拉，邁起腳步追了過去。

黑袍人和菲亞德在隱密的巷道內跑了許久，直到一個陰暗的死巷內，黑袍人才停下來，等菲亞德也踏進來，才張開隱匿和隔音的結界，掀開帽簷。

那是一名有著黑色及肩的長髮與瞳色的男子。

——果然。

菲亞德瞇起雙眼，對方的身分是他所想的那個人。

為此，他先確定結界正常啟動後，口氣有些不悅地說：「我們不是約在咖啡店見面？你在這裡叫我，挑錯地點了吧？」

黑髮男子無可奈何的說，「咖啡店那裡太常去並不保險，不是嗎？」

菲亞德聞言，一臉震驚，「不去咖啡店了？那我的咖啡、餅乾什麼的不就沒了？」

黑髮男子，也就是黑暗教會的教王左右手——亞爾斯諾，內心萌生出想要狠抽一頓自家教王的衝動，吃吃吃，他們黑暗教會的教王大人，眼裡只剩下食物嗎？

「菲亞德．史庫勞斯，你可不可以不要一天到晚在想這些有的沒的？重要的事情去咖啡店談，你是想要把黑暗教會的情報整個昭告出去嗎？」

「你不是可以用隔音結界？」菲亞德不想放棄。

「隔你的頭，每次都用會引人注目吧？」亞爾斯諾強忍著怒氣，「好了，不要再提吃的，我這次有兩件很『特別』和『重要』的事情要通知你，需要徹底的隱密，杜絕外面的窺視，才會要你到這地方來。」

「突發狀況？」

菲亞德雖然常被自己的部下罵笨蛋呆子，但他不是傻子，會放棄在之前約好的地點碰面，一定是有什麼特殊狀況，讓亞爾斯諾決定上演危險的「半路攔人」，要他來這個偏遠僻靜的鬼地方談話。

「嗯。」亞爾斯諾面對教王還有這點小常識，沒有特別高興，更是直接扔主題，「第一件事，光明教會的溫和派想要跟我們合作。」

「哦，他們終於鐵了心，要跟激進派鬥？」菲亞德勾起唇，摸了摸下巴，思考著，「你有問其他黑暗教會的大主教，他們打算怎麼做嗎？」

畢竟菲亞德只是黑暗教會的「精神領袖」，沒有實質權力，只要與黑暗教會相關的重要裁決，他都無法獨斷獨行。

「我問了，他們說，這件事你看著辦。」

身為教王左右手，亞爾斯諾當然先把麻煩且囉唆的流程搞定，才來詢問菲亞德。

「……他們是想要考驗我？」

「是的。」亞爾斯諾不諱言地微笑回應。

瞬間，菲亞德想要轉身逃跑，亞爾斯諾口中的「重要事情」有兩件，沒有意外的話，第二件應該也是要他自己獨斷決定。

「菲亞德，這是你的工作，不可以跑掉。」亞爾斯諾面對想要落跑的黑暗教王，認真地說：「既然大主教大人他們放手讓你處理，不就剛好可以表示你的價值，讓教會內部的人閉嘴？」

最近光明教會動作頻頻，讓黑暗教會有些棘手，面對上頭有一個少根筋、說話不經大腦的教王，任誰都想換一個有威嚴，可以引領眾人對抗光明教會的黑暗教王。

菲亞德聞言，忍不住長嘆口氣，那些黑暗大主教還真難伺候，平常想要一個好控制的教王，一遇到重要事情，就想要一名像光明教會那樣，可以凝聚黑暗信徒力量與信仰的教王（精神象徵）。

這得說，教王難當。

菲亞德內心偷偷檢討，該不會他的前世惹火了黑暗之神，所以黑暗之神賜給他這麼難當的職業？

「第一件事晚點處理，第二件事是什麼？」

菲亞德是這樣打算，反正兩件事都是他要處理，先一口氣聽完，再做決定。

「剛好，第二件與第一件有點相關。」

亞爾斯諾說：「元素聖物似乎出現在銀凱，這是光明教會溫和派的人說的，說是什麼……合作的見面禮？」

他不太確定這段話的意思，可溫和派所委託的情報組織就是這樣跟他說的，而且情報組織的人似乎也明瞭他在狀況外，只是要他照實往上呈報，那些所謂的「高層」就一定會懂。

「哦？元素聖物出現了？這不錯……等等，你說什麼！元素聖物出出出出現了？」

菲亞德起初還不以為意，話到一半，發現話題中的物品是元素聖物時，嚇到。

「菲亞德，你不用這麼震驚吧？」菲亞德的大嗓門讓亞爾斯諾皺眉，揉著因吼聲而發疼的耳朵，「所以，那是什麼意思？」

「真令人訝異，元素聖物不是跟著元素神殿一起不見？」

菲亞德不理會亞爾斯諾的疑問，罕見地動起腦，自問自答起來。

「溫和派的人想要跟我們合作，難道是因為元素聖物的出世，給了他們決心？如果真是這樣，難道他們知道，我們也曾把腦筋動到元素聖物上？」

亞爾斯諾靜靜豎起耳朵，仔細聽著菲亞德的碎碎唸，他越聽越不對勁，菲亞德知道的事情有點多，多到超出他這精神象徵應該知道的範疇。

這也是他至今沒有被教會的人逼著出走的主因？

「唔，過幾天去找我那位『老朋友』聊聊好了，聽聽最近有什麼風聲。」

此話一出，亞爾斯諾傻眼，怎樣的老朋友可以給菲亞德這麼多的內幕情報？

面對黑暗教會公認的呆蠢傻瓜也知道的事情，毫不知情的亞爾斯諾這次舉起雙手投降，向菲亞德服輸。

「菲亞德，你快點幫我解惑。」

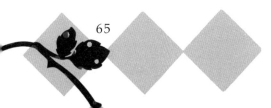

「哦，你不知道？」亞爾斯諾這一喊，菲亞德回過神，眨了眨黑色眸子，眼帶笑意地說：「我還以為那些人有跟你說。」

「哼，我的等級沒這麼高，他們不會告訴我的。」亞爾斯諾不太愉快。

雖然他是黑暗教王的左右手，但他的位階是黑暗大主教候補，這「候補」可是連大主教的邊都沾不上，自然那些具有黑暗教會實質決定權的大主教們，不會大方到把重要情報說給低一階的亞爾斯諾知道。

「呵，說的也是。」菲亞德輕聲一笑，「所以你需要我解釋？」

「當然，我不是說了，要你幫我解惑？」亞爾斯諾再次催促。

「好吧，我只有一個要求，我所說的話，日後你在與大主教們聯絡時，不要報告上去。」

亞爾斯諾有一個額外的「小工作」，就是要定期把菲亞德的行蹤與言行報告給大主教們知道，但最近他被光明教會通緝，監視報告的工作他只能暫停，改成與菲亞德定期報告楓林學院內部的情報，讓菲亞德轉達給大主教們。

等到亞爾斯諾的「狀況」解除後，他就會回到之前的工作，所以菲亞德才會先跟亞爾斯諾約法三章，以免日後就這樣被人賣了也不知道。

「沒問題。」亞爾斯諾給他的上司一個保證。

「好，那我說了。」菲亞德不再遲疑。

「我的『老朋友』告訴我，光明教會一直打壓黑暗教會，讓黑暗教會無法拓展開來，只能眼睜睜看著信仰朝光明倒去，在這裡，光明幾乎成為單一的信仰，鮮少出現第二，也就是我們的黑暗信仰。」

「的確，光明信仰幾乎全包了……」亞爾斯諾嘆口氣。

「黑暗教會的大主教們曾經有過一個想法，這方法可以打破這個麻煩的信仰僵持局面，但這個想法有如空中樓閣，欠缺實行的可能性，沒有人真的試過。」

「怎麼說？既然有想法，怎麼沒人試過？」

亞爾斯諾一愣一愣的，邊問邊暗自猜測是什麼方法。

「因為他們想要用第三信仰打破單一的光明信仰局勢。」菲亞德開始舉例，「你想想，如果有突然竄出、幾乎人人都信的信仰，你說，光明教會會不會把攻擊的目標從我們轉移到第三信仰去？」

「幾乎人人都信？怎麼可能！」

亞爾斯諾倒抽口涼氣，懷疑是不是菲亞德說錯了，「如果真的有這種信仰存在，光明教會肯定會傾巢而出，把那個第三信仰滅了，這樣一來，他們注意力轉移的當下，我們就可以趁勢冒出，趁著戰亂吸收成員進入教會。」

當光明信仰與崛起的第三信仰起衝突時，對於那些倒楣被牽扯、對光明信仰不夠虔誠的信徒，自然會絕望捨棄原本所信仰的光明信仰，如果他們黑暗教會上前拉一把，就可以誘惑那些想要倒戈的信眾，讓他們加入黑暗教會。

這個想法真是……非常陰險。亞爾斯諾在心中偷偷下了一個小註解。

「沒錯。」對於腦袋靈通的左右手，菲亞德顯得很滿意，「當時大主教們想到要利用元素信仰，但礙於元素沒有神殿與聖物，無從利用起，只能作廢。」

「的確，已經消失的信仰沒有神殿和聖物，連信奉者也沒有，一旦利用，只怕那些人會被魔法師和他族居民圍著殺吧！」

依照信仰理論，魔法師和其他種族所信奉的信仰為元素之神，雖然現今沒有元素信仰，但弔詭的是，消失的信仰力量居然還可以使用。

而不能界定成元素信仰信徒的魔法師和其他種族，要是因此被黑暗教會陷害成光明教會的敵對目標，只要有腦子的，就不會跑去跟光明教會開戰，而是先把唯恐天下不亂，要這麼陷害眾人一把的黑暗教會給處理掉。

莫怪乎到最後，這個計畫被作廢。

亞爾斯諾後知後覺的想到，「光明溫和派應該也有想過，利用元素神殿的崛起，讓光明激進派對付元素神殿，他們就可以趁機對付激進派。」

菲亞德聽他這麼一說，徹底明白了光明教會溫和派的想法。

「光明溫和派想要拉攏我們，一起讓元素神殿出現？這樣一來，最後勢必會回到以往的三神信仰，讓信仰回到互相拉鋸的平衡狀態，讓光明無法獨大，黑暗可以安穩生存，元素也可以正式復甦，還真是皆大歡喜的計畫……」

菲亞德理解的頷首，卻笑得古怪，一切只是計畫，不會真的這麼完美。

但如果元素聖物出現在挪亞，這計畫不試試看似乎很可惜。

誰都知道，遠在古代，也就是在光明教會變成一方獨大的近代之前，元素教會可是炙手可熱的信仰！

更別說現今除去「武鬥士」，單論職業上，「魔法」的應用十分廣泛，元素信仰真的在這時候復甦，信仰的中心一定會朝元素信仰倒去，到時不只光明教會要小心，就連他們黑暗教會也要提防。

最好的方法，是和光明溫和派合作，想辦法維持古代三神信仰的平衡。

「菲亞德，元素信仰到底是什麼？他們的聖物又是什麼？」

亞爾斯諾知道，菲亞德內心計畫已經有譜，但對於元素信仰……很可惜，他只有研究光明信仰，並沒有研究過元素信仰。

「你還記得我偷偷給你看過的『敘事之詩』的『隱藏書目』？」菲亞德問。

「知道，就是三神不見的內容吧？」

就因為三神從某一天之後突然接連消失不見，所以光明與黑暗教會才會想盡辦法維持聖物的運作，讓信仰之力不會斷絕。

「元素那裡，你沒有看？」菲亞德用怪罪的眼神看了亞爾斯諾一眼，「元素那裡也寫得很精彩，沒看到是你的損失。」

「囉唆，無用情報我為什麼要看？」

以當時限時偷看的狀況，亞爾斯諾當然會選擇觀看敵方情報，沒有閒情逸致去看擺明消失的元素信仰部分。

「所以說是你的損失。」菲亞德搖搖頭，「這麼一來，你應該沒看到元素信仰的聖物構造跟我們的不一樣。」

「怎樣的不一樣？」

「光明與黑暗的聖物是神的力量結晶體，沒錯吧？」

亞爾斯諾點頭，他見過聖物本體，很清楚聖物是怎樣的東西。

「不知道是不是因為元素之神為了穩定世界，而創造出五族，使得五族變相成為祂的眷族，礙於眷族過多，所以元素聖物不是力量結晶體。」

「咦？不是力量結晶體？那元素聖物是實體化的物品了？」

「嗯，元素聖物是一面鏡子。」菲亞德忽然有些感慨的說：「元素那邊的狀況與我們……還有光明那邊不一樣。」

菲亞德的神色有些慘澹，信奉的信仰主神消失的「主因」，他們這些教會「高層」一個比一個還要清楚。

「所以，菲亞德你打算怎麼做？」

元素信仰的討論先暫時告一段落，亞爾斯諾先聽菲亞德的決定，再考慮要不要惡補元素信仰的相關知識。

「光明溫和派想要合作，而且想法與我們一樣，那就合作吧！」菲亞德很乾脆。

「你不怕溫和派之後過河拆橋？」亞爾斯諾面對黑暗教王這麼簡單就同意合作，有些錯愕，「你不多加考慮？也不開條件？」

「不需要。」菲亞德輕輕一笑，「光明溫和派一旦和我們合作，他們就自動被激進派視為『異端』，一旦激進派知情，溫和派鐵定全滅，就算平安順遂的隱瞞到底，之後元素復甦，他們想要拆橋也來不及，因為我們早就拐了一堆人進黑暗教會。」

其實菲亞德更想說，到時候光明教會的名聲也爛了，就算溫和派想要黑他們黑暗教會也無從下手。

「好吧，算你有理。」

面對黑暗教王的鬼話連篇也可以讓自己信服的亞爾斯諾，長嘆口氣，既然教王做出了決定，當部下的只好認命執行，誰叫具有發言權的大主教們這次口徑一致，要他好好協助菲亞德，讓他全權處理這兩件事情。

「沒問題的話，那我們先離開這裡，一起回黑暗教會慢慢討論？」

菲亞德看看周圍，他們在這裡待的時間有點長，算算時間，也該走了，他怕時間一長，就被其他人發現這裡的「異常」。

亞爾斯諾點頭，將早先安排在這裡的結界關閉，和菲亞德一起離開。

chapter 11 酒店的情報買賣

格里亞離開菲斯特商會後，龍夜和龍緋煉跟著他的腳步緩慢地在商店區行走。

格里亞一派輕鬆隨意的玩弄著手中銀白色摺扇，饒富興味的觀賞商店區裡擺放的各類商品，逛街似的態度，似乎沒有打算繼續調查失竊案。

「格里亞先生，您接下來要去哪裡？」

龍夜不像龍緋煉有恐怖的讀心能力，對於格里亞接下來的行動，他毫無頭緒。

就算格里亞說要去找情報販子，看他如此悠哉，根本像是出來玩。

如果說格里亞要先回楓林學院報告呢？這條路走到底又不是回學院的；繼續調查竊案呢？居然擺出逛街的模樣，不知不覺都在商店區晃了不短時間。

面對隨性度可以與自家哥哥大人相比的學院護衛隊隊長——風・格里亞，仍在嘗試配合格里亞步調的龍夜感覺自己的壓力有點大。

雖然知道自己有跟上就行了，但龍夜還是先問一下比較保險。

「小助手，你要知道，很多事情沒有表面上簡單，在商會內，該說和不該說的要分清楚，要記住隔牆有耳。」格里亞看他們離開商會地盤夠遠了，就解釋給龍夜聽，「你在商會內不是問我發現什麼線索？我現在就是要去查一下那『東西』的來歷。」

「這我知道，但那是什麼東西？」龍夜好奇地問。

除了匕首，還有什麼東西可以被稱為線索？

格里亞橫了龍夜一眼，淡淡地說：「小助手，你猜猜看？」

「唔。」

龍夜認真思考，通常格里亞露出這種態度時，十之八九，線索他一定知道，不然格里亞不會反問。

「碎、碎片？」

在他的印象中，除去明顯的白色匕首，就是鏡台前那一地的反光透明碎片。

「嗯。」格里亞滿意點頭，手輕揚，亮出收起的透明碎片。

「格里亞先生，這東西可以查出竊案兇手？」

龍夜面對這個比匕首還要小、還要沒有頭緒的線索，有些懷疑。

而且他記憶沒有出錯的話，這碎片，應該是商會的安全措施？這跟竊案根本就毫無關連，格里亞為什麼要查這個？他百思不得其解。

「怎麼可能！」格里亞沒有掩飾自己的目的，直言道：「我是想要查商會，怎麼，不行嗎？」

「可、可以。」

龍夜縮了縮脖子，他可以理解格里亞想要調查商會的原因。

面對形跡可疑，處處想要隱瞞「委託物情報」的菲斯特商會，格里亞性格再好，也會被三番兩次，專扯學院護衛隊後腿的商會給惹火。

商會越是不想要讓學院知道委託物「鏡子」的事，格里亞就越要查出來。

最好的方法，就是先從商會著手，只是——

「格里亞先生，您最好先把注意力集中在任務上吧？」這是龍夜的肺腑之言。

『噗。』

「哈。」

這一次暮朔和龍緋煉又被逗笑。

連龍夜這呆子都看出來了，他們倒是要看看格里亞要怎麼接招。

——你們笑什麼笑！

格里亞內心有著想要把暮朔和龍緋煉一起掐死的衝動。

『別顧著跟我們說話，小鬼在問你。』

——裝睡的，你有種就給我當小助手的面大笑出來。

格里亞發現龍夜對暮朔的笑聲沒有反應，八成無良暮朔又切斷與弟弟的聯繫。

「我當然知道，不需要你的提醒。」格里亞微笑表示，「小助手，我說過什麼？需要我再複誦一次嗎？」

「呃，是不可以懷疑格里亞先生的決定。」龍夜歪著頭想了想，異想天開地說：「格里亞先生懷疑是商會自己內部偷竊鏡子？」

格里亞揚眉不否認地說：「這也是可能之一。」

聽到格里亞這番話，龍夜雙眼放亮，他沒想到，自己的亂猜居然被肯定了。

「那您現在要去哪裡查碎片？」龍夜開心地提議，「去鍊金術師公會？可是，要去北區公會專區的路似乎不是這條。」

龍夜看格里亞行走的方向是朝東區商店區的中央地帶走去，如果往內深入，只會走到中央的光明教會的專屬區域，不會到北區公會專區。

「嗯？為什麼要去鍊金術師公會？」格里亞故意詢問。

「唔！」

龍夜縮了縮脖子，「我想這東西應該是鍊金術師製作的產品，所以去他們那邊調查會比較方便？」

說到後面，龍夜有點不確定，就用問句來當作結尾。

「嗯。」格里亞點頭，又問：「小助手，你為什麼會認為那是鍊金術師的產品？這不能是普通的玻璃碎片？」

「這、這……」龍夜不知道該怎麼回答，支支吾吾起來。

格里亞一連串的問句就像逼問，有著無形的壓力壓得他快喘不過氣，腦袋跟著一片空白，最後僅能回對方一臉的茫然。

「如果不確定，為什麼我要浪費時間去鍊金術師公會？」

『哼哼，笨小鬼你又來了。』暮朔的嗓音忽然響起，『如果你很肯定就大聲說呀！你這樣別人怎麼願意相信你說的話，讓他信服？』

暮朔不是故意出頭，讓龍夜鼓起勇氣說話，只是面對弟弟明明確定所想的答案，偏偏畏畏縮縮的不敢說，害他想把龍夜拉到心靈空間，讓他好好回味被他踹的滋味。

暮朔醒來了！

龍夜用力嚥下唾沫，面對哥哥大人醒來，且十分關注自己動態的當下，連忙鼓起勇氣，大聲且確定地說出想法。

「雖然碎片很小，但我從碎片上感知到魔法的波動。」龍夜又說：「像商會這麼大的地方，願意用看起來容易被敲破的東西，那個物品一定有它的使用價值。」

這是跟暮朔現學現賣的，有個自封奸商的兄長，偶爾掛在嘴上的商業坑人經在這時候派上了用場。

「所以，小助手你認為那是鍊金術師的產品？你不認為有可能是魔法道具？」

格里亞嘩的張開摺扇，半遮住微微揚起的唇，反擊似的再拋出疑問。

「因為魔法道具一旦壞了，魔法波動也會跟著消失。」

這一次龍夜再傻，也明白前面那些問題全是格里亞故意考他。

格里亞是這個水之世界的魔法師，不可能不曉得魔法道具的相關知識。

「正解。」

格里亞開心的收起摺扇，看來小助手的腦袋比他想像的還要靈光，如果好好訓練，或許可以變成得力的部下。

「呵。」

一旁的龍緋煉聽到格里亞的心聲，不禁輕笑。

格里亞一看龍緋煉在偷笑，先是一愣，然後內心發出慘叫。

剛才他在想啥？他當真動了想要訓練龍夜的腦筋？

──你聽錯了，我沒有想要訓練他。

格里亞欲蓋彌彰地傳了訊息過去。

『沒關係，慢慢來。』龍緋煉心情愉悅地回傳訊息。

『我很期待，加油。』暮朔開始考慮進行坑人大作戰，這樣自己以後就不需要耗費心力的去訓練龍夜。

「呃，格里亞先生，那我們現在要去鍊金術師公會？」

不知道格里亞、暮朔和龍緋煉正在談話的龍夜，以為那兩位的默默對視，是在各別考慮什麼，既想問又怕打擾的小小聲詢問。

格里亞望著湊到身旁的龍夜，搖頭道：「我『真的』沒有要去鍊金術師公會。」

「咦！為什麼？」

龍夜以為格里亞是故意考他才這樣回答，沒想到居然是真的不會去。

「有很多複雜的原因，我不想解釋。總之，碎片來源要去其他地方調查。」

格里亞總不能跟龍夜說，調查碎片是幌子，他重點是調查商會吧！

「知道了。」既然格里亞不想說明，龍夜難得識趣的不多問。

『暮朔、暮朔，你真的不嫉妒？』龍緋煉倒是有一點。

龍夜這個問題寶寶什麼時候這麼好說話？最初的時候要不是他用「暴力」壓制，那個小鬼根本停不下滿腦子的十萬個為什麼，硬是可以把人問到發瘋。

『我很可憐格里亞。』暮朔的回答很奇怪。

——我不用你可憐！不對，不用可憐我，也不對。

格里亞的腦子突然紊亂了一把，被龍夜糾纏詢問是很麻煩，但是被他這樣無條件信賴也是個問題，偏偏到底該怎麼說，才能讓暮朔放棄可憐自己？

他才不會就這樣被龍夜「巴上」，他一定會想辦法丟掉他的。

『真的嗎？』

龍緋煉會意過來的奸笑著丟出三個字。

下一刻，格里亞覺得這個話題好可怕，放棄跟他們廢話的看向龍夜。

「格里亞先生？」龍夜無辜的望著表情變得險惡的他。

「沒事。」格里亞絕望的扭開頭，遷怒不是他的習慣，可惜了。

「你打算要去找哪個情報販子？」

龍緋煉看戲看得十分愉快，這時候也就出來打個圓場，畢竟任務比較重要，而他記得商店區有不少可靠的情報販子。

「嗯，好問題。」格里亞有想到一個，那是從聖域來的龍族居民所開設的情報店，只是現在他們這一行人裡有龍夜。

他不是怕龍夜見到同族人會露出訝異表情，依龍夜的不夠細心來看，他有九成九的機率不會發現，只怕對方看到同族的龍緋煉和龍夜會不小心說漏嘴，說什麼「原來你會帶同族過來」之類的話，如此一來，他的身分就不得不向龍夜公開。

到時候還要解釋他為什麼隱匿身上的氣息……不管怎麼想，都很麻煩。

還好他認識的情報販子不少，從中挑出一個不會大驚小怪，會公事公辦的情報販子就行了，只是挑選的對象，讓他有些頭疼。

「不然去找我認識的情報販子？」龍緋煉提議道。

「你認識的？」這是格里亞跟龍夜異口同聲的驚呼。

格里亞是錯愕，龍夜是嚇到。

「怎麼，我不能有認識的情報販子？」龍緋煉輕輕一笑。

身為聖域的指導者，龍緋煉敢挑選水世界當中繼站，自然有他的道理，除去這裡有賢者的線索，另外就是這裡是他以前帶歷練者常來的歷練地點。

再來，如果龍緋煉對水世界不熟，當初面對亞爾斯諾時，他也沒辦法扯出「邊境居民」

這麼冷僻的名詞來堵住亞爾斯諾的嘴。

「不不不，當然可以有認識的人。」

龍夜眼見緋煉明顯是想要「殘害」他人的笑顏，趕緊舉手投降，他可不想刺激恐怖的緋煉大人。

相較於不敢再問的龍夜，格里亞直言地說：「你認識的情報販子夠強嗎？」

不是不相信龍緋煉，而是對於非他熟知的情報販子，有些質疑。

「如果查不出來。」龍緋煉危險地瞇起雙眼，「我就把他的店拆了。」

「店？」格里亞聞言，輕輕笑了，「原來如此，你要去那邊。如果那裡真的查不出來，不需要你去拆店，我想那傢伙也會自動把他的店給關了。」

龍緋煉要找的情報販子也在格里亞的名單內，既然大家都認識，去去也無妨。

龍夜聽格里亞和龍緋煉意外得出相同結論，看來要找的情報販子是個厲害的角色？不然他們不會決定要去口中所說的「店」。

只是怎樣的「店」，可以讓學院護衛隊隊長格里亞先生和緋煉大人決定過去那裡探問情報？這一點，龍夜就想不透了。

當然，連在龍夜心靈空間的暮朔也好奇起來。

在水世界裡，還會有那兩人願意相信的情報販子？

他倒是想要看看對方是怎樣的人物！

由於要找哪個情報販子是龍緋煉建議的，格里亞就把帶路的工作拋給他。

之所以這麼做，有兩個理由。

其一是讓提議人負起領路的責任；其二是怕自己會錯意，到最後他與龍緋煉所指的情報販子是不同的人，那就丟臉丟大了，才讓龍緋煉「帶」他們過去。

龍緋煉領個路也沒差，但到時候，格里亞就不要後悔沒有肩負領路之責。

他開始盤算該如何狠狠坑格里亞一筆，要他付「領路費」。

就這樣，他們抱持不同的心思，來到商店區中央地帶一個頗具盛名的酒店前。

那是一個木造的小木屋，大門上方掛著一個木牌，上面寫著「威森酒店」。

龍夜眨了眨眼，不解地看著附近，這酒店座落的位置說好還好、說壞不壞，好是位置剛好在商店區的熱鬧地段，壞是壞在這裡的酒店不少，而進入威森酒店裡的人……和其他家比起來，似乎有點少。

格里亞玩弄著手中的銀白色摺扇，朝酒店瞥了一眼。

「果然是這家，這家挺有名的，算你有眼光。」

「很、很有名？」

龍夜愣住，算算時間，快晚上了，附近的店家開始出現人潮，而進入這間威森酒店的人少的可以，這樣的店叫「挺有名」？

格里亞一看他的愕然就明白，「小助手你從未接觸過『情報』這一塊？」

「嗯。」龍夜乾脆點頭。

他又不是哥哥大人，喜歡到處挖人牆角聽情報還兼聽八……

『臭小鬼！我是這麼無聊的人嗎？我才不會聽人說八卦。』

暮朔聽到龍夜的這番心聲，大聲叫罵。

突如其來的吼聲，讓龍夜苦著一張臉，習慣性的又伸手壓了壓耳朵。

才壓下去，就想起格里亞不久前罵他的話，趕緊收手。

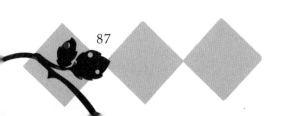

只是這欲蓋彌彰的動作，剛好被龍緋煉看在眼裡，他的唇悄悄勾起，面對龍夜挺有「自覺」的動作，非常的滿意。

『暮朔，小心你的哥哥地位不保。』

——你可以不要挑撥他們兄弟之間的感情嗎？

格里亞無言，龍緋煉絕對是故意把這句話放在他們三人的心靈通訊內。

『呵啊。』暮朔打了大呵欠道：『沒關係，以現階段來說，小鬼確實是需要一個可以學習的良好對象。』

話雖如此，暮朔還是有點吃味，當他兄長這麼多年，居然比不過一名認識的總合計時數不到一天的學院護衛隊隊長——風·格里亞。

在龍夜的心裡，他只是個很強、很厲害，外加很恐怖的哥哥，從來都沒有讓龍夜覺得他人很好或者是決定要把他的話放在心上，乖乖照做。

——暮朔，你這句話好酸，我需要多多小心，免得被你惡整？

格里亞聽完後，只差沒有吐血，回答口吻如此平淡的暮朔，僅有「詭異」兩個字可以形容。

『暮、暮朔你是不是生氣了？我沒有說你的意思。』

龍夜對於暮朔的突然沒了音訊（實際上在跟龍緋煉和格里亞說話），趕緊解釋。

不是他說暮朔壞話，而是他敢發誓，這絕對是真的。

暮朔常常聽一些怪事、怪消息，不管他怎麼想，這些根本是八卦，不是情報。

只是龍夜不清楚，那些找暮朔說「八卦」的人是在講情報，只是十句八卦裡，裡面有九句廢話，重要的訊息只佔最後一成。

這些混淆視聽的說法龍夜聽不懂，自然會認為他家哥哥大人跑去聽八卦。

『知道了。』

暮朔看在弟弟關心自己的份上，出聲讓龍夜心安。

聽到回覆，龍夜鬆了口氣，轉看向格里亞。

「格里亞先生，這我真的不懂，可以請你說明一下嗎？」

「小助手，你難道不曉得酒店的實際用處？」格里亞晃著摺扇，意有所指。

「嘿嘿。」龍夜抓了抓頭，窘迫的發出乾笑聲。

酒店除了吃飯、睡覺，還有什麼實際一點的用處？

「嘖，邊境出來的人能活到現在真是奇蹟了。」格里亞話帶不滿。

這應該是基本常識吧？龍緋煉沒有告訴他？

格里亞對龍緋煉投以一個懷疑的眼神。

龍緋煉微微聳肩，選擇不回應。

「那有沒有人跟你說過，酒店是個蒐集情報的好地方？」

「沒有吧？」龍夜不確定。

「龍夜。」龍緋煉語氣微寒，「你確定沒有？進入銀凱的第一週我說過什麼？」

聽到龍緋煉冰冰涼涼的話聲，龍夜僵直著身體，用力加快腦袋的轉速回想。

「緋煉大人好像說過，如果在旅社待久了很無聊想要出去逛逛，可以去附近酒店聽那邊的人聊天，可以增廣見聞？」

「不是好像，是有說過！」龍緋煉對龍夜投以冰冷的眼神，「龍夜，下次再犯，功課難度加倍。」

「緋煉大人，我不會再犯了。」龍夜發出慘叫聲。

平常的「功課份量」夠恐怖了，再加倍，他應該會被「功課」壓死。

「欸、欸，他現在是我的小助手，雖然我不知道你們有啥恩怨或協議，開功課前可以先知會我一聲嗎？」

礙於龍夜的「見習」身分，格里亞可不想因為龍夜被龍緋煉抓去處理功課，被副隊長席多誤以為是他單方面甩掉龍夜，強迫他把龍夜找回來。

「格里亞先生！」

疑似被格里亞袒護，龍夜感動萬分，雙眸內的崇拜小光芒越來越多。

只是龍夜不知道，他與龍緋煉對話時，格里亞差點昏倒，已經有人說過，還說不知道，這該說，這小鬼從來不會自行動腦？

如果真的不會靠自己想，肯定是教育他的人腦袋出現問題了。

『風，剛才那句話可以再複述一遍，我不介意再聽一次。』

瞬間，龍緋煉發異常危險的訊息給格里亞。

『緋煉、緋煉，風說啥？說啥？』暮朔好奇地詢問。

——暮朔你不要問！

格里亞吶喊，龍緋煉一人偷聽而生氣就算了，不需要再增加一個。

『風說，教育龍夜的人腦袋出問題。』龍緋煉完全不給格里亞面子。

『風，現在教育龍夜的人你也有份，這麼說你的腦袋也有問題?嗯?』

暮朔毒舌威力全開，格里亞不敢再多說一句，只能摸摸鼻子，自認倒楣，還是先回答龍夜，也算轉移話題，以免繼續被他們聯手言語攻擊。

「小助手，我教你一件事，雖然酒店可以探聽情報，但威森酒店不一樣，那是完整的情報站，會找來這裡的人全是要買賣情報的，不是需要買醉或休息。」

這一點，龍緋煉可能沒有提過，格里亞被迫詳細解說。

「可是店很小……有人可以回答碎片的問題?」龍夜深深的懷疑。

透明碎片牽扯的人事物可能很廣，這裡能夠給出專業的情報嗎?

「小鬼，進去敢說話、亂發問，我就把你踢出去。」

龍緋煉怕龍夜一開口就壞事，搶先出聲恐嚇，下一秒他就推門而入。

格里亞斜眼瞄著臉色慘白的龍夜，唇微勾，隨後進入。

「緋煉大人是存心為難我吧。」

龍夜悶悶地說，要他忍住不要說話、不要發問，實在有點難呀!他長嘆口氣，面對龍緋煉的威脅，只能接受的乖乖跟上。

龍夜進入威森酒店後，發現裡面擺放許多圓木桌，其隨意的擺設，似乎是可以依照客人喜好而搬動。

而他的前方不遠處，龍緋煉和格里亞停下了腳步。

龍夜好奇地站在他們的身後，看他們兩人接下來會如何行動。

龍緋煉不動聲色掃了酒店一眼，直直往後方吧檯走去，來到酒保面前坐下，左手托腮，拿出一個金幣，像是跟酒保炫耀手中金幣，金幣在手指間活躍滑動，大約在他的手上轉了三圈左右後，「咚」的丟到桌上推向他。

「給我一杯既不烈，又不淡的酒。」

酒保擦拭著手中酒杯，朝桌面上的金幣一瞥，淡淡地說：「兩枚金幣。」

「我只要半枚。」

「這是公定價。」

「我要半枚價。」

酒保不悅的皺眉，把手中酒杯放下，對龍緋煉說：「客人，恕不還價。」

「但可以試試，不是嗎？」龍緋煉笑著回應。

「你這是在找這裡的麻煩？」酒保將桌上的錢幣推回給龍緋煉，「去去，這裡不做你的生意，給我到旁邊去。」

「旁邊可以買到我要的酒？」

「怎麼可能？那是後門，請你給我滾出去。」

說完，酒保手指一比，朝後門指去。

龍夜詫異地聽完龍緋煉和酒保對話，他隱約覺得，對話中略帶玄機。

「離開就離開，這裡的待客之道真差。」

龍緋煉冷笑，桌上金幣也沒有收回，對他身後的龍夜和格里亞勾了勾手指，不再多說，就往酒保所說的後門走去。

「小助手，別發愣了，走吧！」

格里亞順手扯住發愣的龍夜衣領，跟著龍緋煉一起從「後門」離開。

而龍夜進去後，這才知道什麼是「別有洞天」。

一開始，龍夜還以為他們被酒保給趕出威森酒店，然後會有別人來接洽。因為一般而言，沒有人會想到被酒店趕出門才算是正常的業務商談過程。

結果，出乎意料的是，一打開後門，就發現後門又接著另一個通道。

當走最後的龍夜在格里亞示意下，把後門關上，掛在通道左右兩排的火把自動點亮，紅色的燄光往內延伸，透出一條長長的走道。

龍夜看著像是蔓延到深處的火光，對於這從外觀看起來沒有多大的木屋，內中卻有這麼大的空間而感到訝異。

「驚人吧？」

格里亞笑著說：「這是外接的空間，你可以把門當作是傳送點的開關，只要打開進入，就會自動來到這裡。」

「還真神祕。」龍夜張望附近，喃喃地說：「這樣的設備，沒有被管制嗎？」

聖域那裡都沒有這麼誇張，只是結界多了點，並沒有像水世界一樣，一個小小的屋子還用魔法陣外連其他地點。

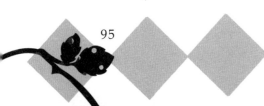

原本他以為只有楓林學院會這樣，因為學院地大，院與院之間的距離超級遠。

雖然校長愛整人，卻不會跟學生計較那些魔法院院生私底下設置的傳送魔法陣。

「這個嘛，其實有管制的，商會是有申請，而我們進去的那個是暗道，可以假裝沒有這一回事，至於這裡。」格里亞摺扇拍打著牆壁，「你可以當成違章建築。」

龍夜無言，所以威森酒店是違法使用傳送魔法陣，到現在都沒被抓，挺厲害的。

「魔法嘛。」格里亞輕笑，「有人來就撤掉，想抓也沒辦法抓。」

說的容易，做的難。

就算是可以撤走傳送魔法陣再接回，也不可能在有人要抓的當下馬上將魔法陣關閉。威森酒店裡或許有一個很厲害的魔法師，不然酒店的魔法陣不會存留這麼久。

「咳。」

龍緋煉面對聊起天的龍夜和格里亞，突然停下腳步的冷冷轉身。

龍夜和格里亞忽覺一股寒風襲來，龍夜看到龍緋煉板著一張臉注視著他們時，趕緊摀住嘴，做出沒有說話的動作。

他居然忘了！他忘記龍緋煉說過，只要他出聲就會把他趕出去。

「格、格里亞先生。」龍夜抖著嗓音，臉色蒼白地望向讓他說話的罪魁禍首。

格里亞對上龍夜不知所措的模樣，持扇的手抱著肚子，身體不斷的抖動。

「格里亞先生……」龍夜看到兇手當他這個可憐受害者的面狂笑，無比受挫。

「哈哈，放心，到這裡就可以說話了。」格里亞拍著龍夜的肩膀，放聲大笑。

「真、真的嗎？」龍夜懷疑地看著格里亞。

格里亞是不曉得他們這位大人不會給別人面子，說到就是會做到的嗎？

「如果他要趕你出去，早就讓你離開，而不會放你在這裡跟我廢話。」

龍夜聞言，眨了眨雙眸，輕瞥龍緋煉一眼，發現他沒有做出趕人的動作，知道格里亞說的是真的，這才放心。

「小助手，你要學習如何察言觀色，不然一定會吃虧的。」格里亞好心叮嚀。

龍夜居然沒有被暮朔的個性「茶毒」，可以這麼「白」，這麼單純好懂，光是這點，就讓格里亞訝異了很久，害他忍不住多事提醒。

畢竟在他手邊工作的人，都是看他臉色做事，如果連基本的順勢配合都不會，那些護衛隊的正式隊員早就被格里亞掃地出門。

「嗯，我會的。」龍夜用感激的星星眼看他。

「……」

格里亞有點受到打擊的轉過頭，這孩子真不能對他太好。

龍緋煉見狀，忍住偷笑的衝動，不再說什麼的轉過身，繼續往前走。

由於方才龍緋煉表現出不悅，接下來的路程再沒有人說話。

龍夜跟著龍緋煉的腳步，走了許久，來到底端一個破爛的木門前。

那道門的後方，似乎是他們要去的終點？

龍緋煉走了過去，衣袍輕動，正準備推開木門，裡面恰巧傳出一道口氣不耐的年輕男子嗓音，阻止他們餘下的動作。

「不見、不見，今天本店臨時有事，不見外客。」

龍緋煉聳聳肩，回過頭，看了格里亞一眼。

短暫的視線接觸，他知道眼前的紅髮青年想要他做什麼了。

格里亞走上前，抬起腳，用力一踹！

「碰」的一聲，門硬生生被格里亞踹開，大概是木門太過破舊，禁不起他的摧殘，當場歪了一半，搖搖欲墜的想往地上倒。

而裡面的人，正背對著門口，一聽到門被人踹開，當場跳起，飛快旋身後，看著踢門的罪魁禍首，瞠大雙眼，一臉詫異。

「格里亞你做什——」

話沒說完，就被格里亞搶白。

「嘛，別這樣。」

格里亞嘴角微揚，說了一句晚說的話：「你不見客是嗎？不給進那我就把門踹開，這樣你可以見客了吧？」

「風．格里亞。」屋內的男子破口大罵，「你這話太晚說了，哪有人先踹門後警告的？順序根本就搞反了。」

「威森，誰叫你不開門，如果你沒有說『不見客』、『不開店』，我會需要花時間動腳將門踹開嗎？」格里亞一臉無辜。

「門通常是用手開，誰跟你一樣是用腳開門？」名為威森的男子火氣十足，「就算我現在見你好了，我那個門呢？誰要賠償門的毀壞費用？還是你要先付錢？」

威森抬手指向格里亞，露出格里亞必須先付費的堅決態度。

格里亞不是什麼省油的燈，他早猜到威森要出這招，想要賴似的，對龍緋煉眨了眨眼說：「交給你了。」

然後，又額外拋出一段訊息給龍緋煉。

——要我破壞門的人給我付費。

龍緋煉瞟了格里亞一眼，手指輕彈，被踢壞的門瞬間恢復。

格里亞眼見龍緋煉沒有丟錢給威森，只是彈指復原毀損的門，無趣的撇嘴。

「格里亞先生，請問一下，他是誰呀？」龍夜低聲詢問。

他們進入的酒店名稱是「威森酒店」，而這名男子……或者該說是少年？

因為對方的樣貌宛若十六、十七歲，只是身上穿著的灰色長袍有點寬大，黑褐色的短髮欠缺整理的亂翹，一點也不像是情報販子，反而像是路邊的流浪漢。

「威森‧雷亞特，這家酒店的老闆。」

格里亞公佈答案，龍夜當場傻住。

老、老闆？這老闆會不會太年輕了？

格里亞看龍夜的呆樣，知道他被嚇到了，摺扇尖端朝威森點去，「別以為他很年輕，他已經是三十幾歲快四十歲的中年人啦！」

龍夜詫異的指著威森．雷亞特，不敢置信，「這、這——這怎麼可能？」

他不知道該說是威森駐顏有術，還是有做什麼魔法來掩飾自己的年紀和外貌。

可是也不對，如果是用魔法掩飾，他應該看得出來。

「他是鍊金術師。」龍緋煉說出了威森的職業。

挪亞的鍊金術師可是特別喜歡裝年輕來捉弄人，年紀越大，越愛裝年輕嚇人。龍夜眼前的褐髮男子就是例子之一。

「哼哼，就算是熟人、就算我願意見客，格里亞你也要照規矩來。」

威森抬起手，攤開掌心朝格里亞伸去，像在索取。

「威森，你比錯了，他、是他！」

格里亞用摺扇朝龍緋煉的方向比了數下，要威森把伸手的對象換成另一名。

「你有錢，何必要我跟別人拿？」威森白了格里亞一眼。

「這次是他提議要來，既然是建議跟帶路的人，就要負責到底。」

格里亞話完還刻意給了龍緋煉一個大大的微笑，讓威森知道，這次他不是購買情報的人，只是跟著前來的陪同者。

一開始龍緋煉就說了，他有「認識」的情報商，那麼，龍緋煉絕對和威森有過交集。唯一讓他不明白的，是威森似乎不想要和龍緋煉有所接觸，他才故意把問題扔給龍緋煉處理，讓威森「正視」龍緋煉。

果然，他一說，威森的臉色馬上變成慘白。

格里亞嘴唇勾起，從威森的表情，答案已經揭曉了。

「哼。」

龍緋煉冷哼一聲後，從懷中拿出一張卡片，扔給威森。

威森抬手迅速接住，像是摸到燙手山芋，眼神朝它一轉，又把卡片丟回。

面對威森摸到什麼妖魔鬼怪的模樣，格里亞內心只想要狂笑。

太好了，吃了這麼久的虧，終於有扳回一城的感覺。

「威森，你們認識？」格里亞故意問道。

「想知道？付詢問費給我，我就告訴你。」

威森酒店的老闆，威森・雷亞特毫不猶豫的跟格里亞討錢，借此迴避問題。

「嘖，小氣。」

格里亞咋舌，威森不願說，那他晚點自己偷威森的記憶。

想到這裡，格里亞唇角勾起，露出一抹奸笑。

威森發現格里亞笑得詭異，向後退了數步，與他拉開距離。

「廢話少說，你們想要知道什麼？快問快滾，我要打烊休息了。」

威森怕格里亞又針對他與龍緋煉是否認識的問題打轉，將話題帶入重點。

「我要找這個東西的製造者。」

格里亞手指一彈，把手中的透明碎片扔給了威森。

「隱形帷幕的碎片？」

身為鍊金術師，威森一看便知手中碎片的正體，「這東西怎麼碎成這樣？」

威森仔細端詳手中碎片，隱形帷幕的堅固性是眾所皆知的高，對於「碎掉」這點，他百思不得其解。

「欸，我不是要問你是什麼道具破壞掉的，你不用研究的這麼仔細。」

格里亞臉抽了一下，對於破壞者他沒有興趣，如果他要找破壞隱形帷幕的人，一下子便能找出來，也用不著出現在這，用「正規」的方式跟威森買情報。

「那你要問什麼？」

威森狐疑地看著手中碎片，除去這點，他想不到有什麼有關於碎片的問題。

「我要知道製造者，還有商會是透過誰買來的。」

威森將碎片丟還給格里亞，「如果要找製造者，那你找錯人了，這方面的問題你應該去鍊金術師公會，像這類管制物品，那裡有明確的紀錄可以查看。」

威森言下之意，是有地方能查，就別來浪費情報商人的談話時間和體力。

「就沒有私人販售的可能？」格里亞僅是拿著，沒有將碎片收起來，「不過你想說的，我也猜得出來，那就是『商會保護自家商品，是不會使用違法物品來進行保護，因為那會降低可信度』，我應該沒有說錯？」

「你知道還問？」威森翻了翻白眼。

「當然，不過我有別的問題要問。」

格里亞雙眸一冷，口氣突然一沉，「如果是要掩蓋『違法的商品』，那他們使用『違法的鍊金道具』的可能性有多高？」

格里亞想到，如果商會失竊的鏡子真是元素聖物，那麼，他們或許不會用正規手段使用管制物品來保護鏡子。

「應該有八成。」

「那麼，你去查吧！」格里亞又將碎片丟還給威森，「我付費，你工作。」

「你這麼說，我就照辦。」威森收下碎片，問道：「你只要找出製造者？」

「對。」

對於隱形帷幕的構成，格里亞毫無興趣，「我要他的所有資料，任何合法、非法的事情我全要知道。」

「了解。」威森笑著問：「私人恩怨？」

明明剛才推諉時還說別人才是主事者、負責人，後來就說他自己會付費，不管怎麼想，尋仇的機率都比較高。

格里亞微微聳肩，笑而不語。

「好了，你們沒有問題的話，就給我離開。」威森收下了格里亞的委託，馬上下逐客令，想讓龍夜等人早早離開他的酒店。

格里亞點頭，接著他只要等候情報就好，在等待的時間可以做點別的事情。

只是他沒想到，還有人有問題要問，那個人不是別人，是龍緋煉。

「等等，我這個帶路者還沒有提出情報要求。」龍緋煉先朝想要離開的格里亞看一眼，再對威森說：「元素聖物，我要元素聖物目前所有的情報。」

龍緋煉話一出，威森就面有難色，「這情報很貴，你們付不起。」

「因為很少？」龍緋煉完全發揮自己讀心的功能，回答威森。

「老大，請放過我，這個情報的知情者少的可憐，一旦流傳出去，要查出是誰放這消息，用五根手指頭就能算的出來，當然你不用多想，我也是那五個之一。」

龍緋煉一開口說話，威森馬上舉手投降。

「我沒逼你說。」

「……我的心思都被看光了，這就是逼。」威森無言以對。

「老大？」格里亞嘖嘖稱奇的重複某兩個字。

一旁的龍夜怕自己會不小心發出聲音，正閉緊嘴巴的驚訝瞪大眼。

龍緋煉淺短地說：「我是出資者。」

「咦？」龍夜忍不住出聲了。

龍緋煉的一個眼神過去，龍夜馬上用力把嘴巴摀住，同時驚恐地轉過頭——他不該說話的。

「原來。」格里亞還是有些不信，「你真是情報販子的出資者？」

格里亞嘴巴上這麼說，仍是傳了一訊息給龍緋煉。

——你和威森是什麼關係？上司和部屬？

龍緋煉沒有特意去看格里亞，就回傳訊息：『他是第二任。』

簡短的一句話，格里亞一點就通。

——第一代是你那一族的？

『嗯，中繼站也是需要放點眼線。』

格里亞點頭，的確，水之世界是眾多世界的其中一處中繼站，既然龍緋煉常把這裡當成訓練歷練者的所在地，一定有其優勢在。

只是龍夜太會招惹麻煩，龍緋煉尚未發揮對水世界的瞭解好給予歷練者訓練，眾人就被「封鎖」在楓林學院內，這應該是他始料未及的狀況吧？

不過面對這樣的危機，龍緋煉還是有辦法照常「上課」，這一點，格里亞很佩服龍緋煉，如果換成是他，早就把這沒事找事的歷練者給打回原世界了。

「不然呢？」

龍緋煉這話接的是格里亞那個懷疑他是出資者的問題，接著他又朝威森道：「叫這傢伙付情報費，當作是有人花你拒絕不了的大價錢購買。」

「這樣嗎？」威森惡狠狠的改瞪格里亞，「你不准賴帳，知道嗎？」

「大價錢嗎？」

格里亞疑似面對「主僕聯手」，想要賴帳也不能賴。

可是那個大價錢的數目希望不要太誇張啊，他怕會付不出來。

「放心，不會讓你傾家蕩產。」威森陰森森的笑著保證。

「我會努力相信。」格里亞苦哈哈的乾笑兩聲。

龍夜目睹格里亞慘兮兮的模樣，只能在內心替他加油打氣。

「那麼，需要我從頭解釋元素聖物是什麼物品嗎？」威森問。

「不用。」龍緋煉肯定地說。

「咦？」龍夜慘嚎，他需要聽解釋。

龍緋煉冷冷朝龍夜看了一眼，「你付費讓威森解釋給你聽？」

「不用了。」龍夜僵著身體搖頭，他身上可沒有錢付給情報販子。

「好吧，那直接說元素聖物的流向。」威森乾咳一聲，準備說明。

Chapter 12

一離開威森酒店，走到較為偏遠的街道角落。

「混蛋，居然要我吐錢。」

格里亞趁龍夜還在消化威森的情報，腦袋運轉過度，處於發呆狀態時，用摺扇遮住半張臉，針對龍緋煉，傾倒著殺氣加怨氣十足的話。

龍緋煉聞言，用調侃語氣說道：「嗯？我提供這時候絕對能信任的情報販子，而與事情有關的你，當然就負責付費了，不是嗎？學院護衛隊的隊長大人？」

「就算是這樣，商會那部分我認了，為什麼我要付你想知道的情報費？」

格里亞持扇的手一揮，憤怒指著龍緋煉。

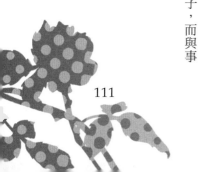

元素聖物的情報是龍緋煉想要的，格里亞並沒有購買的意思。

「聽者有份，你沒聽過這句嗎？」龍緋煉揚眉道。

「哼，如果聽者有份，那小助手……唉，算了。」

格里亞重重地嘆了口氣，身為「隊長」，要他做跟「小助手」要錢的這種事，他做不出來。

奇怪的是，龍夜從離開到現在連一句話都沒有，那點情報要想這麼久？

格里亞用扇子打了一下龍夜的肩膀，「小助手發什麼愣？回神。」

這一喊，龍夜從混亂的思緒中驚醒，看到神情微怒的黑髮青年，連聲道歉，「對不起、對不起，格里亞先生，我在想情報，沒有注意到您，請問有什麼事？」

「那點情報不需要想這麼久吧？」格里亞無法理解。

『哎呀，因為我家小鬼不知道元素聖物是啥鬼。』暮朔涼涼的發出訊息。

暮朔才剛傳訊息過去，龍夜就露出不好意思的表情。

「因為，我對元素聖物的事情完全不瞭解。」

格里亞受到刺激了，「這是怎樣，放人吃草吃成這樣？」

『什麼放人吃草？我壓著他吃草都沒用。』暮朔像在證明他的高壓統治失敗了，這是龍夜本身的不學無術，跟他沒有關係。

「龍夜，你不是有看那本書？別告訴我你全部忘光了。」

龍緋煉指的是宿舍管理員出借給龍夜看的「敘事之詩」。

從暮朔跟龍緋煉的說法來判斷，格里亞無奈的看向龍夜，是小助手老是把握錯重點的毛病又犯了？

「緋、緋煉大人，我記得書裡的內容啊，但沒有提到元素聖物吧？」

龍夜發現格里亞看著他的目光不對勁，連忙強調這不是他的錯。

『啊，我也不知道喔！』

暮朔回想了一遍那本書上的內容，有提到元素信仰的樣子，這部分他已經摸索的差不多，但是元素聖物是什麼？不記得看過這個詞。

『你們兩個解釋一下。』暮朔不客氣的要求。

格里亞難得聽到暮朔承認他不知道，卻不曉得該從哪裡說起好的陷入思索。

龍緋煉看了看附近，指著附近巷道，「先過去那邊吧？」

格里亞點頭，搶先走了過去。

等全員進入巷道，龍緋煉拋出隔音結界，保證他們的談話不會被別人聽見。

「格里亞先生，您知道元素聖物的事情？」

單就龍夜知道的，元素聖物是一面鏡子，不久前被人偷走，作用不明。

「亞爾斯諾跟你們說過光明與黑暗聖物的事？」格里亞終於想到介入點。

龍夜想了一下，「有的，但元素這方面，他沒有提及。」

「學習魔法的人，居然會不知道元素聖物？邊境居民哪時這麼無知？」格里亞不悅地說：「『敘事之詩』不是說了元素信仰？」

「元素信仰？」

龍夜的記憶有點模糊了。

很抱歉，他是從聖域來到水世界的「外來者」，只知道這個世界有所謂的「三神信仰」，其他再深入一點的，就一知半解。

「敘事之詩應該有提到，除去光明和黑暗之神的離去，元素之神消失的方式更詭異，即使這個信仰沒落了、聖物失蹤了，元素之神的力量還是持續供給信仰者，才造成魔法師的大量出現，和缺乏主要的控管機關這些事吧？」

因此魔法師大多由各個學院或家族自行培養，無關光明或黑暗教會的事。

格里亞明面上是使用速動魔法來做為攻擊手段，所以元素信仰和魔法師的聯繫，他初入這個世界不久，便從別人那裡聽了個明明白白。

『啊，是這個段落。』

暮朔記起來了，他有看過。

可惜龍夜繼續搖頭，黑色的眸中透出茫然，「有這段嗎？」

「……有，大概是因為使用『魔法』的人，不需要擔心力量凝聚的問題，導致聖物什麼的，魔法師們並不關心，更不以為自己能使用魔法便是元素信仰的一員。」

格里亞耐著性子解釋完後，額外補充了一句，「光明教會和黑暗教會的人會互相攻擊對方信徒的原因，有人猜測過，或許是為了要維持『聖物』的力量，使神術能夠繼續使用。」

「這也是當初龍夜救了亞爾斯諾就被盯上的原因吧？」龍緋煉追加這句。

「啊，是這樣。」龍夜尷尬的乾笑兩聲。

他們會被逼到全體進入學院，真真是他的錯就對了？

「以後不要再隨便做好事。」格里亞看見他的呆樣，忍不住叮囑。

「嗯，我、我會注意的。」

龍夜窘迫的點點頭，忽然想起來，「既然魔法師不關心元素聖物，為什麼鏡子還是被偷了？」

對此，格里亞不想再解釋下去，龍夜是聽不懂話裡的意思嗎？真不明白什麼是商機無限？聖物，那是用天價也買不到的東西。

——暮朔我不行了，你可以自己處理你家寶貝弟弟嗎？

『呵，一事不煩二主，你努力。』暮朔才不理會。

『這該說，個人造業個人擔？』龍緋煉忍著笑，也不想插手。

——暮朔、龍緋煉你們都給我去死！

格里亞毫不猶豫的在內心憤怒大吼。

『風，如果暮朔死了，我會讓你跟著去的。』龍緋煉冷笑威脅。

『嘖嘖，原本看在你非常合作的份上，想說要給你一份禮物呢！既然你這麼希望我去死，那禮物也省了。』同樣地，暮朔不是省油的燈，反擊回去。

——對不起，我錯了。

面對兩人聯手夾擊，格里亞在無法自救的狀況下，認命了。

「小助手，注意我強調的話，我說的是『魔法師』。」

格里亞晃動摺扇，想要藉著這個動作來平復翻湧的心情，「教會呢？那兩個交惡的教會，有沒有可能把目標轉移到元素聖物上？就算沒有，元素聖物的出世，有很大的代表意義。」

「意思是，元素信仰並沒有消失？還存在著？」龍夜這次不傻了。

格里亞不諱言地說：「沒錯，如果事態屬實，接下來可能會出現元素神殿、元素信仰復甦，光明教會怎麼可能讓這件事發生，除非……」

格里亞陷入思考，他想到光明教會的溫和派。

『除非他們想要利用元素神殿推行三個信仰共存吧？』暮朔嘆口氣。

龍緋煉點點頭，『如果是這樣，難怪商會想要把元素聖物扔給學院。』

事關信仰這種大問題，商會裡的決策者腦袋沒壞掉的話，大多不敢插手。

——只是有部分商會的人不願意把聖物交託給學院。

格里亞也能明白為什麼，無非就是利欲熏心，被一時的利益蒙蔽了眼睛。

「除非什麼？」

龍夜不清楚其他人在暗中談話，以為格里亞在賣關子。

「除非元素聖物有利可圖，大家都想趁機利用。」

格里亞翻了翻白眼，「小助手，你是一定要我把話說的這麼白嗎？你的腦袋是裝飾用的啊？」

格里亞慍怒的嗓音，讓龍夜縮了縮脖子，露出被嚇到的神情。

「是這樣的話，事情麻煩了。」龍緋煉皺眉。

得要快點把任務處理掉，以免元素聖物被黑暗教會或光明教會取得，那會演變成一個不小的、影響許多人的大事。

「可是，現有的線索好像跟聖物沒有關連？」龍夜說的是實話。

格里亞考慮要不要回商會一趟，以學院護衛隊隊長的身分去見菲斯特商會的會長，看看他腦袋裡在想些什麼鬼東西，好多得幾條線索。

「算了，先回去接席多，看看他那邊的狀況如何。」

格里亞下了決定，商會內有著想要把聖物脫手的菲斯特兄妹，如果與他們聯手，能省不少麻煩。

「對了，格里亞先生，我還有事要問。」龍夜不識趣地舉手。

「快說，我趕時間。」

「為什麼元素那邊會突然有聖物出來，商會沒有想過聖物可能有假？」

這、這個，格里亞被問倒了，他會關心聖物流落何方，卻從來沒有想過真偽。

龍緋煉露出淺淺的微笑，龍夜這個問題兒童，這次問的很有水準。

「聖物不是假的，是已經確認的。」

格里亞只好把從威森腦袋裡偷來的情報給說了出來。

這可是他壓箱底，不想說出的情報。

「找到聖物的人大多死了，唯一的活口在商會裡被人保護著，卻在聖物被偷走前喪命。從這裡判斷，有那麼多人願意為聖物捨命，它不太可能是假的。」

龍緋煉聞言，紅眸微轉，瞥了格里亞一眼。

——看什麼看，你都知道了還故意瞪我。

格里亞發出訊息，狠狠地罵了龍緋煉一句。

明明他一句話就可以作為保證，還需要自己來說明，龍緋煉分明是故意的。

『風，因為我不知道。』暮朔最多只能讀龍夜的心，又不像龍緋煉，可以無差別接收別人內心所想的話語，於是需要有人分享情報。

而龍緋煉不想自己解說這些前因後果，最好的辦法是利用格里亞。

「難怪商會想要把聖物交託給學院。」龍夜一臉若有所思。

既然聖物是真的，菲斯特商會充其量是個「商會」，除去這點，什麼也不是，如果遇到特殊狀況，他們僅能自行承受，無法請求別人幫助。

所以最好的方法，是把麻煩往外面拋。

對於龍夜的判斷，格里亞同意的淡淡點頭。

這一回，小助手終於不是豆腐腦了。

龍夜看到格里亞那輕微的點頭動作，露出欣喜的表情。

「龍夜，你居然把簡單的事情用那麼複雜的想法確認。」

龍緋煉毫不留情潑了桶冷水下去，「要是你真的設想周到也就算了，可你單純是反應慢，不是思緒周密。別忘了，商會在內鬥，說不定因此出現相反舉動，更有可能是被光明教會威脅，或者是出現兩個教會以外，脅迫商會交出聖物的不知名者。」

此話一出，龍夜歡喜的心情頓時消失。

龍緋煉這舉一反三的猜想，他一個也沒有想過。

「嘛，別這麼說，他是個孩子，不像你懂這麼多，能想到這裡該讚許了。」

心知龍夜有多麼廢柴的格里亞，趕緊打圓場。

『我也是個孩子，緋煉說的我有想過。』暮朔不甘示弱。

——欸，你這小孩一點也不小孩，你會想不出來，我頭給你。

格里亞想要對暮朔賞一記白眼，怕被龍夜發現，只能忍住。

龍夜沒想到格里亞居然在安慰他，雙眸再度透出崇拜的小光芒。

「好啦、好啦，你別想太多，繼續保持下去。」

既然說出安慰的話，格里亞做戲被迫做全套，用扇子尖端拍了拍龍夜肩膀。

「好。」

龍夜被格里亞肯定，說什麼也要努力下去。

『嘖嘖，風可以改行當保母了。』不知怎地，暮朔感慨起來，『說起話來，居然可以達到激勵人的功效，我真沒想到，他有安慰人的一天。』

『何止，我都想把指導者的身分拱手讓人了。』龍緋煉悶笑道：『他很適合當指導者，欸，風，我把小鬼送你照顧吧？』

——去死，我堅決不收。

格里亞反對，這兩人到底是有多麼想要把龍夜塞給他呀！

學院圖書館內。

好不容易，龍月和疑雁終於將萬靈藥的資料找齊，而有了資料，接下來他們要做的，便是準備材料了。

疑雁認為他們最少要意思意思將萬靈藥的一部分材料找齊，再利用那些材料去拐騙一名鍊金術師參與，好幫忙製作萬靈藥。

沒想到，龍月似乎不這麼想。

吞下偽裝符石的兩人離開學院後，往首都銀凱北區的公會專區移動。

很快地，他們來到位在公會專區的鍊金術師公會，中途經過若干藥店和拍賣行什麼的，都沒引起龍月注意。

意思是完全不考慮準備材料這件事，想直接找合作的鍊金術師？

「你認為有可能？」

疑雁狐疑地看著龍月，銀色雙眸透出不信。

他不是會讀心的龍緋煉，也不是對龍月信任度高達百分之百的龍夜，面對一名同行的旅程同伴，論交情是近乎於零，疑雁真摸不清對方想要做什麼。

看龍月的行動，不會是想找合作的鍊金術師吧？

但是沒有材料，光是有一堆資料，又有誰願意參與？

就算真有這種冤大頭、爛好人，也沒可能出現在鍊金術師公會裡面。

畢竟大家都要面子的，當著其他同行面前說要製造萬靈藥這種天方夜譚般的事，不是存心給自己惹麻煩嗎？

保險起見，要先找情報販子，詢問有沒有這種懷才不遇又想突破的天才型人物，再偷偷的去尋找，和對方接觸幾次，表達確實想要製造萬靈藥的誠意後再談合作。

況且，這任務是龍緋煉指派給他們的，照道理來說，龍月要做出相關的任務決定前，應該要與他討論，而不是自己單方面決定。

就算真的討論完，此時他們兩手空空，只有資料，其他啥鬼都沒有，鍊金術師願意幫助他們才叫做見鬼。

就這樣跑過來，似乎顯得他們有些魯莽。

疑雁抬起頭，看著用同色厚重木頭搭建，看似大氣古樸又因為木頭顏色沒被風吹日曬影響，嶄新如初而顯得不夠肅穆的鍊金術師公會，內心是滿滿的問句。

龍族的人，果然思維一個比一個還難以明白。

他突然覺得，毫無心機、單純又率直的龍夜好相處多了，至少一看他的臉，就懂他在想些什麼，不需要去費心揣測。

「什麼有可能？有沒有人願意做萬靈藥？不然呢？」龍月微微聳肩。

「有這麼簡單？」疑雁不相信。

他該想，是龍月太過天真，認為這裡的人可以幫他們無償做萬靈藥？

如果書籍上面寫的無誤，當他們在鍊金術師公會內大喊：「有沒有人願意幫忙做萬靈藥？」估計下場是被趕出去，而不是一窩蜂的人跑過來，自告奮勇說要幫忙。

疑雁記得龍夜說過，龍月是歷練後歸來的，不管他怎麼看，現在龍月的行為反而比呆蠢的龍夜還要蠢，不，該說是天真。

眼前的這個人真的是有歷練過的？一點也不像！

等等，應該沒有這麼簡單，想要通過歷練是件困難的事。

疑雁端正了態度，重新改變注視龍月的目光，不信他剛剛的話。

龍月沒有漏看到疑雁對他的評估，他毫不在意的走入鍊金術師公會。

疑雁低頭看著腳邊的雪白色小狼，不，現在是黑色了。

由於他的最大特徵是身邊會有一隻雪白小狼陪同，因此在外出前，他特地多花一點時間，把他的寶貝狼染成黑色，以免一走出學院，人的偽裝有達到效果，但冰狼沒有偽裝，反讓他們的行蹤曝光。

龍月走入鍊金術師公會，就感覺到一股奇特的力量掃來。

見狀，他反射性向後退了一步，露出戒備的神態。

這時，疑雁給出結論，「我們的偽裝被解除了。」

龍緋煉給予的偽裝符石是吞下後，自發啟動偽裝法術，可以達到易容偽裝的效果，比較像是幻覺偽裝，是用來迷惑別人，把他們當成路人，不會多加注意的符石。

而讓疑雁這麼肯定的原因，是小狼被染黑的毛色變回了雪亮的白色。

龍月望著變成雪色毛皮的冰狼一眼，暗暗鬆了口氣，他還以為是什麼攻擊。

此時，耳邊忽然傳來了言詞毫不留情的少女嗓音。

「哼，知道這裡是鍊金術師公會，還敢用偽裝身分進入，想找死嗎？」

龍月和疑雁順著聲音望去，那是一名身穿淡紅色長袍，褐眸如刀的馬尾少女，她站在公會內，通往二樓的樓梯口。

少女不管他們兩人是否還有話要說，自顧自地繼續說道：「誰都知道鍊金術師公會內設有解除一切偽裝魔法的防護魔法陣，竟然還傻傻的用偽裝進入，你們這些人會不會蠢到家了？」

少女犀利的言詞裡前一句找死，後一句蠢到家都太過不客氣，但疑雁卻一臉不在乎，只顧伸手摸摸他家的小狼。

而龍月則是不落下風的拋出一句，「進來後才解除偽裝就行了。」

言外之意是，他需要的是在到這裡的一路上不被什麼人發現。

正常來說，需要掩人耳目地跑來鍊金術師公會做生意，也不是多麼少見的事。

「你……」

少女沒想到會被回這樣一句反諷她大驚小怪的話。

龍月不理會她的左右看看，想著接下來該做什麼好。

然而，他的舉動看似平靜，實際上心裡仍有些異常的波動，畢竟，從他們來到水世界到現在，龍緋煉所使用的法術從未被人破解過，才會給他們一種聖域的人比水世界的人要強的迷思。

想到這裡，他忽然摸了摸腰間的院生長劍。

其實暮朔是知道的吧？不然他們身上那些暮朔精心改造的武器材料，不會全是水世界出品。

龍月暗自嘆息，該說龍緋煉很會選地點嗎？他之前的指導者所挑選的地方沒有這麼詭異麻煩的信仰問題，更不會因為被追殺而困在學院裡，無法在外闖蕩，少知道很多他該知道、該接觸的事。

他目前僅能用書面資料補充資訊，顯得不夠紮實。連鍊金術師公會擁有解除偽裝能力這種事，他都沒有半分知識或常識。

「你們來做什麼？」少女等了一會，確定自己被忽視後冷冷發問。

「妳是誰？」

龍月瞇著雙眸，手緩緩握緊腰間長劍。

對方似乎抱有惡意？

「薇紗．凱爾特。」少女冷冷地道出名字，她一發現龍月手握劍柄，就撥了撥衣袍，露出掛在腰間的無數個褐色小袋子，「你最好放開你的手，這裡是鍊金術師公會，不容許非鍊金術師之人在此撒野。」

「薇紗．凱爾特，女宿管理員。」疑雁朝少女瞥了一眼，對龍月說：「她就是夜師父說的那個人？」

龍月點點頭，「八九不離十。」

他聽龍夜說過，在龍夜進行第一個校長任務的時候有遇到兩名少女，而其中一名少女的名字就叫做薇紗．凱爾特，她好像是出自創造鍊金術的鍊金術世家——凱爾特家族，更是該家族的長女。

薇紗冷冷看著龍月和疑雁，「對，是我。」

「妳在這裡等我們？」龍月忽然鬆開按在劍柄上的手，笑問。

一旁的疑雁不禁看了他一眼，他是從哪裡判斷對方可以相信？

薇紗不否認，「校長告訴我，來這裡可以遇到你們。」

此話一出，疑雁不由得愣了愣，校長難不成是提前選好了負責參與的鍊金術師？而龍月露出果真如此的神態。

「茲克校長也要妳參與？」龍月一派輕鬆的詢問。

只是，他不認為校長真的這麼好心，會多拖一個人下水進行萬靈藥的任務，總不會是先前有任務物品被扣著不給的情況，想派人來全程盯梢？

「哼。」

薇紗避而不答的扭過頭，要不是有興趣，她用不著在這裡等人來。

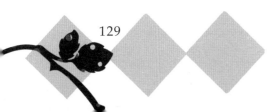

「妳知道我們來這裡做什麼？」保險起見，龍月決定問詳細點。

「當然知道。」

薇紗揚眉道：「不就是做點小東西？」

「哈，鍊金術師的名門世家想要挑戰？」

龍月轉念一想，內心想到一個可能，一個創造鍊金術師職業的名門世家，會不會想要挑戰製作被列為禁藥的「萬靈藥」？

薇紗定定的看向龍月，算是默認了。

「製作的代價，妳想要什麼？」

天底下沒有白吃的午餐，他不相信薇紗．凱爾特會願意無償幫忙。

薇紗轉身背對著龍月和疑雁，「這裡有點不方便。」

縱使在進入鍊金術師公會後，沒看到有人在裡面進出，連基本的櫃台服務人員都沒有，讓人以為這裡是個虛設的房子，欠缺實用，但龍月依然發現到有一些屬於「人」的氣息在流動。

可能這間鍊金術師公會沒有他想的那麼簡單，不然薇紗不會從喊住他們到現在，都沒有提過「萬靈藥」三個字，更說這裡不方便。

「要去嗎？」龍月明知故問。

疑雁淡淡點頭，既然來了，如果就這樣臨陣脫逃，也太不像話。

緊隨著馬尾少女的腳步，踏入鍊金術師公會的二樓。

少女薇紗不經思索的推開其中一扇木門，對他們說：「進來。」

話完，龍月和疑雁卻沒有要先進入的打算，依然停留在門外。

薇紗不悅的先行進入房間，還不忘丟下一句，「疑神疑鬼。」

她不認為自己有心機到可以算計他人，有必要這麼戒備嗎？

等到少女進入之後，龍月和疑雁才跟著走進。

也不是想要挽回顏面什麼的，而是有些不喜對方的直線型思考，龍月在回身關門時，丟出一句，「妳下次面對敵人邀約時可以試著放空大腦，按直覺行動，我會期待妳的毫髮未傷、幸運逃生，只希望妳到時真能順利活著離開。」

「你！」

薇紗當然明白，別人小心不是什麼錯，僅能憤憤一哼。

「不要廢話了。」龍月旋過身來，準備說正事。

等他終於有時間打量，才看清房間內僅有簡單的書櫃和桌椅。

薇紗沒有解釋房間的實際用處，她也不想再浪費時間了。

「其實，你們這項任務有委託人，並不是校長隨便選擇。」

少女莫名的坦白，讓龍月和疑雁有些錯愕。

「嗯，校長怎麼看都像是要利益最大化的那種人。」

龍月在調查萬靈藥的事情時，有猜想過。

第一個任務，是前往遺跡帶走裡頭的物品，也就是被龍緋煉扣押的遺跡之卵。

而這次第二個任務，則是拆成兩件。

第一部分，是協助學院護衛隊的任務。

第二方案，則是製作萬靈藥。

如果第一部分的任務失敗，還有第二方案可以替代，由此可知，學院護衛隊的任務所要達成的可能性，說不定比完成萬靈藥更難。

不然沒有道理在那個任務後，才提供萬靈藥這個。

當萬靈藥的任務排在第二，代表實行性極高，且校長可能會從某處得到一些利益，好彌補第一部分的護衛隊任務失敗所造成的問題。

「給你處理。」

疑雁一聽開場對話就如此複雜，乾脆放棄參與，反正這個萬靈藥任務對他來說是可有可無，只是打發時間的任務罷了。

「管理員……」

龍月才剛開口說話，就聽到薇紗冷冷地糾正他道：「薇紗或者是凱爾特，只能二選一。」

龍月聳聳肩，對少女有些沒輒。

水世界的人個性挺硬的，不然不會因為龍夜出手救了一個黑暗教會的人，全體人員就被光明教會追殺，最後躲入楓林學院避難。

「好，凱爾特，這任務的委託人與妳有關？或者委託人是妳？」

「委託人是我家族的人。」

薇紗不再隱瞞，「凱爾特家族從以前到現在都想要製作萬靈藥，但因為我們是『名門』，需要一個製作的動機。」

「利用我們？」龍月平靜反問。

薇紗冷笑著，「你們可能需要這類東西，我才跟校長提議，算是互利。」

「互利？」龍月笑了，「我們不過是小小院生，有什麼能耐被放在心上？」

「龍夜。」

薇紗雙目放光，充滿研究的欲望，「聽說你們的同伴被光明教會的祭司攻擊卻毫髮無傷？而且是不能防禦的『靈魂攻擊』？」

此話一出，龍月雙目閃出銳利的眸光，「妳是聽誰說的？」

「世上沒有不透風的牆，別以為沒人知道。」薇紗橫了龍月一眼，「你們不是被光明教會通緝？一直被他們追殺的你們，總有一天會栽在他們的手裡吧？能僥倖躲過一次靈魂攻擊，下一次呢？應該不會總是這麼幸運。」

龍月對少女這番話，無法反駁。

別人以為龍夜躲過了祭司的靈魂攻擊，其實並沒有，實際上，中招的人是暮朔，要不是有格里亞，或許直到今日，暮朔還在沉睡狀態。

況且，暮朔的靈魂存續問題已經達到臨界點，隨時有可能消失。

可以治療靈魂的萬靈藥，這樣的神奇藥品，他們非常的需要。

就算不是給暮朔使用，有朝一日再次對上光明教會祭司，他們或許有使用的必要。

「你們需要萬靈藥對吧？」薇紗刻意這麼問。

「當然。」

龍月不得不承認，以現階段來說，這是他們是目前唯一可以做的事情，不論是為了暮朔，還是為了龍夜。

「不過，做萬靈藥需要動機這種話，太假了。」

龍月不信堂堂的鍊金術師名門，會需要一個動機才能動手？這太可笑了。

薇紗冷哼，「因為是名門，做事總被人盯著，不然我們早做出萬靈藥了。」

言下之意是在透露家族有人監視，無法放開手腳製作萬靈藥。

想想也是，光明教會最駭人的攻擊手段是靈魂攻擊，能治療靈魂的萬靈藥，光明教會哪會允許它被人製造出來。

「你們有材料？」疑雁插了一句。

「我們是凱爾特家族，怎麼可能沒有？」

薇紗抬起手晃了晃食指說，「總之，一句話，你們要不要當我們家族的委託人，讓我們製造萬靈藥？」

龍月不想這麼快做決定，「答應了呢？之後你們家族要我們做什麼？」

薇紗歪著頭想了想，用異常認真的神情對龍月說：「扳倒光明教會，讓他們知道，靈魂攻擊絕對比不過我們凱爾特家族所製作出來的萬靈藥……不，應該說，鍊金術師所製作出來的藥品絕對不是什麼不能完成的妄想。」

這是鍊金術師的怨念，要不是因為光明教會的崛起，萬靈藥這麼好用的藥品也不會被列為禁藥，讓想要使用的人無法使用，更被說成不可能製造。

神術什麼的，他們鍊金術師非常不屑，既然出現一名傳說中可以抵禦靈魂攻擊的人，如果可以利用他，讓其他人知道，其實他躲過攻擊是因為使用了萬靈藥，那麼，完成的萬靈藥就可以在黑市上流通。

一方面是可以賺錢，一方面是向世人證明，萬靈藥的製作是可行的。

「好，成交。」

龍月露出微笑，這第二項任務真是出乎意料的好解決。

Chapter 13 隊員的救援計畫

白色的通道底端，是一道白色、敞開的大門。

那裡是通往覲見光明教皇的主要通道，看似無人把守，卻能感覺到危機重重。

假扮為光明教會祭司的學院護衛隊副隊長——涅可洛可．拉菲修斯正準備與莫里大主教一同進入，前方引路的莫里突然揚手，阻斷了他的行動。

對於大主教的暗示，涅可洛可停下腳步，微微躬身，聽候他的命令。

「你先在這裡等一下。」

有著灰褐髮色的大主教淡淡地扔下命令，自行進入前方的大殿之內。

涅可洛可暗自觀察附近，想確保自己的安全。

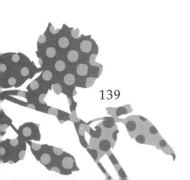

因為不知怎地，從跟著莫里開始，他的心底老是不太踏實，腦海裡更像是有人不斷地對他說著快走，而他停步的時間越久，腦中催促他離開的聲音也越來越大。

涅可洛可眉頭微皺，考慮要不要順著心意離開。

他考慮許久，還是硬著頭皮，繼續等候莫里大主教的傳喚。

只是時間一分一秒過去，並沒有人出來，涅可洛可在想自己是不是被遺忘了？

如果真是這樣，那他再待著也沒有任何意義。

正當他決定離開時，門裡的大殿中終於出現傳喚他的聲音。

站在門內的左右兩側，從門外一眼望去看不見的死角處，居然走出兩名負責守衛的門衛，面無表情的對他點點頭，「你可以進去了。」

涅可洛可愣了愣，微微躬身後移動腳步，向前走了數步，正式踏入大殿。

但他卻忽略了一件非常重要的事，守護大門的聖騎士並沒有喊他所裝扮的祭司名字，而是用「你」來稱呼。

涅可洛可甫一進入，就看到莫里大主教站在大殿最內側，一名有著金色長髮與瞳色，長相俊俏的年輕男子身旁。

而男子坐在內一個華貴的椅子上，笑著說出讓他震驚的話。

「歡迎，楓林學院的守門人，學院護衛隊的不知名者。」

——被發現了。

涅可洛可忍住倒抽口氣的衝動，佯裝不明白金髮男子的話。

「請問教皇冕下，您在說什麼？這裡有學院的鼠輩？」

涅可洛可順著腦中記憶裡，祭司和同伴是如何稱呼楓林學院護衛隊的稱呼，還假裝身後有著不知名的人，轉頭到處張望。

還好光明教會的教皇長相人人皆知，加上大主教的莫里態度如此恭敬，對方的身分可以猜出八分。

涅可洛可裝傻的行徑，光明教皇根本不理會，逕自道：「這裡是本皇的大殿，你以為那一點點偽裝魔法會瞞不過本皇的眼睛？」

話一落下，涅可洛可身上的偽裝應聲解除，變回他原有的樣貌。

涅可洛可暗嘖一聲，將身上大上一號的白色祭司袍脫下，向後退了數步，他沒想到，對方居然會動手解開他的魔法偽裝。

難道是因為這裡是光明教會的大本營，其他魔法在這裡無法順利運用？

面對身分暴露的危機，涅可洛可只能放聲大喊。

「隊——」

他求救的話才剛起頭，在光明教皇身旁的莫里大主教卻於瞬間發動神術，攻擊涅可洛可。

「光明教會可不是你說來就來、說走就走的地方。」莫里大主教冷冷地說。

涅可洛可見狀，手掌蜷起，用力一捏，召出鑲有水藍色寶石的木杖。

「冰護。」

速動魔法發動，在他的身前形成一個藍色的冰塊結晶，即時抵住莫里的神術。

這時涅可洛可要慶幸他們護衛隊有一個變態隊長，把速動魔法當三餐使用刺激隊裡的魔法師，讓他們這些魔法師「一時悲憤」之下，跟著研究速動魔法，逼自己一定要使用的比隊長還快，才可以不被他的風刃劈著玩。

過強的訓練，如今終於派上了用場。

涅可洛可不止擋住了大主教的神術襲擊，還趁機將手探到水藍色的魔法袍內，裡面暗藏一個護衛隊隊員們專用的傳送晶石，只要壓下去，哪怕身在光明教會，或是什麼無法使用魔法的地方，都可以不限任何地點的將持有者傳送出去。

涅可洛可心知自己再強，面對一名光明教會大主教，很難戰勝，於是，他搶在第一時間壓下了袍內的傳送晶石。

手掌傳來傳送晶石被壓碎的觸感，但傳送魔法沒有發動。

這時，涅可洛可聽到宛若嘲笑的一連串冰冷低笑聲。

「在本皇的領域內，任何人未經本皇的允許，都無法離開大殿。」

涅可洛可錯愕之際，被莫里大主教再度施展的神術打中，朝一旁飛起。

幸好他被風刃劈飛劈習慣了，俐落的一個空中側翻，他順利落地時，沒有跌倒的順勢急跑幾步，卸掉了身上殘餘的撞擊力道，更適時躲過下一波神術。

他出乎意料的反應速度，和順暢的逃逸動作，大出大主教的預料。

接二連三打空的神術就在他正前方落下，要是他剛才沒有躲過，現在人已經死了。

不過，大主教不愧於他的身分，應戰能力並不弱。

縱使那些攻擊全打空了，卻全部朝堵住大殿門口的位置落下。

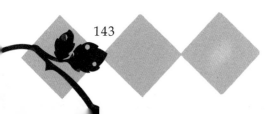

涅可洛可沒有想到，他唯一的脫逃可能就這樣被封鎖住。

原本以為可以趁著對方錯估自己實力的大好良機，靠自己從光明教會內部打出去，沒想到他會看見那些攻擊一道道攔住了去路。

加上從光明教皇的話中意思判斷，無法用傳送魔法離開大殿。

一個又一個的不好消息，讓他有些絕望，何況又聽見刺耳的劇烈關門聲。

當他反射性地朝進入的大門口望去，敞開的白色大門已經關閉，現在此地是封閉的，在這處大殿內發生的事情，外面無法知道。

涅可洛可徹底失去了希望，就算他們家的隊長再厲害，也不能得知他遇到的危機，更沒辦法適時的出現，他突然後悔答應隊長潛入光明教會當臥底時那麼乾脆，他應該要認真評估任務的危險性。

雖然隊長說，出事情可以大喊他的名字。

但這裡被光明教皇封閉了整個空間，喊名字有用嗎？

不，應該說，就算隊長可以來，他也不會讓他們家的隊長犯險救他。

先前不知道這裡沒辦法使用傳送魔法陣時，他有想過呼喚隊長，而一旦知道格里亞過來後會跟他一樣，有進無出，他就不能這麼做。

唯一的一條路，似乎是在這裡等死？

身為學院護衛隊的副隊長，就這麼乖乖等死的話，他相信，格里亞一定會把他從墳裡挖出來再狠狠鞭一頓，罵他不抵抗，讓對方沒有任何傷亡的逮到。

涅可洛可一想到那種場面，身體不斷顫抖。

就算面臨生死關頭，任何敵人都沒有格里亞恐怖。

於是，他長長吸了口氣，握緊手中的木杖，指向光明教皇和莫里大主教。

「不能用傳送魔法陣，那我就打出去。」

手中木杖頂端劃出一道水藍色的魔法陣，涅可洛可持杖的手揚起，魔法陣射出無數個水色的絲線，前前後後、上上下下、左左右右的全方位無差別攻擊，大幅度遮蔽了光明教皇和莫里大主教的視點。

說著「打出去」，卻用這種取巧手段的涅可洛可也是沒辦法的。

難不成真要跟一位教皇和一個大主教真槍實刀的開戰嗎？他又不是傻的！

只能趁他們視線不良時行動，涅可洛可快步穿過之前幾發神術殘留的能量體，就算它們即將消散，仍有幾分壓迫力和影響。

能夠當上大主教，莫里對全局的把握確實是挺強悍的。

涅可洛可從那些能量體旁邊擦身而過，沒有意外的發現自己的速度平白慢了幾分，僅能奢望自己阻擋那兩位視線的攻擊可以維持久一點，久到他衝出大殿。

——時間上應該沒有問題。

涅可洛可心中估算時間，在跑步期間，他已經儲備了足夠的能量，等一下到了門前，發動冰系大型魔法將門打碎，衝出大殿後，再趁機使用身上預藏的另一個可以回到學院的傳送石，就能順利離開光明教會。

「太天真了。」

突然，光明教皇的聲音在大殿內迴盪。

涅可洛可忍住回頭的欲望，卻發現他奔行的正前方，有一抹黑色的身影出現。

那道人影映入眼中的下一刻，他的眼前一黑、意識渙散，再沒有了感覺。

對於元素聖物，龍夜已經沒有疑問。

或許該說他再問下去，其他人會生氣，因為光是問問題，時間就被他耗了很多。

龍夜正在發呆，雖然格里亞和龍緋煉把該解釋的都說了，他還是不太懂。

這些龍緋煉不會管，而暮朔呢，則是在內心裡不斷罵自家弟弟是笨蛋。

所以發呆的他，沒有聽到龍緋煉跟格里亞討論的事。

突然，還在整理思緒的龍夜莫名其妙被格里亞詢問一個問題。

「小助手，我說的對不對？」

「咦？」龍夜愣住，什麼對不對？

「小助手，別『咦』，說『好』。」格里亞揮揮摺扇，掩嘴輕笑。

「喔，好。」龍夜聞言，乖乖的點頭。

反正格里亞先生說的全是對的，龍夜也照辦。

「當然不好。」

龍緋煉冷冷瞪了龍夜一眼，「這時候要拒絕！雖然『隊長是對的』，但我在這裡時，你要聽誰的？」

此言一出，龍夜腦中一片空白。

面對紅髮與黑髮青年暗中較勁的局面，他就剩一個「逃」字可想。

一位是他的指導者、一位是他想要學習的對象，要他聽誰的話，這不是說選就可以選出來的吧？

其實，在龍夜發呆的時候，格里亞提出這場任務過後，解除小助手職務。

但龍緋煉和暮朔認為，既然開了頭，那就做到底，要讓龍夜繼續做見習生。

一來是，副隊長席多．隆已經見過龍夜，而格里亞介紹給席多時，也說他是「見習小助手」，算是有了名分；二來，等到任務圓滿結束，龍夜有協助完成任務的實績，卻被無故遣回，對他非常不公平，更會令別人疑惑。

尤其龍夜是這麼認真在思考這一次的任務相關問題，讓人不禁動容。

想看龍夜搖搖晃晃靠自己站穩腳步的自立行動，暮朔不允許有人破壞。

所以，當格里亞意圖放棄時，他再不出手，這個哥哥也不用當了。

『夜，我睡飽了。』看不下去的暮朔決定出手。

『啊、啊，可、可是話、話題到一半……』其實龍夜想要逃跑了。

暮朔這次卻沒有阻止他逃避的刻意要求，『天色晚了，我最近很少起床，讓我出來晃晃。至於話題，我趁機跟那位隊長聊聊，看看他到底想要怎樣。』

龍夜眨了眨眼，抬頭看著變黑的天空，沒有暮朔的提醒，他差點忘記時間已經到了晚上，再說他之前發呆了，真不知道緋煉大人跟格里亞先生在爭執什麼。

不如把身體讓給哥哥大人，讓他出來放風一下，順便替自己處理？

龍夜應聲答應的閉上眼，施展三秒就睡的特技，讓自己快速進入熟睡狀態。

轉眼間，暮朔從心靈空間裡出來，一感覺自己有了身體的實感，馬上揚起戴上銀白色手套的左手，二話不說朝格里亞揮去。

「風你這混蛋，居然敢要我弟弟。」

話一落下，無數個絲線從手套指尖竄出攻擊格里亞。

格里亞聽到熟悉的說話口吻，先是一愣，後看到朝他襲來的銀白色絲線，趕緊揮舞手中摺扇，召出風刃，阻擋來勢洶洶的龐大攻擊。

「暮、暮朔？等等，這裡是……」

話未說完，格里亞發現周圍一個人都沒有。

原來龍緋煉一察覺龍夜的氣息改變，就扔出結界，將他們包圍住，也巧妙的使用法術暗示在街道上往來的人群，讓他們改變行走路徑。

「你這傢伙居然敢趁他搞不清楚狀況時，意圖甩掉他！別以為你可以得逞。」

暮朔咄咄逼人的邊說，邊雙手交疊，一個旋身後又是一招發出。

「又來！」格里亞加速揮舞摺扇，用風刃將攻擊卸開。

「我不會允許的。」

暮朔平常愛欺負龍夜，但也是非常護短，尤其是面對「熟人」明知龍夜是他弟弟還故意要弄的情況，他不能容忍。

「不然呢？」

格里亞一臉的無辜，「我被你跟緋煉逼的收下他，才故意鬧鬧他，又沒怎樣。而且，在威森那裡，我沒有跟你弟索取情報費，算是給你面子。」

既然龍夜「退場」，格里亞終於可以用說的對談，也不用假裝和龍緋煉不熟，要時時忍住破口大罵的衝動，把表面上維持的如一團春風吹過般和氣。

「啊？我聽不見。」

暮朔充耳不聞的笑著，「風，我說過吧？我弟弟的錢也是我的錢。如果你要跟夜索取情報費用……我可以當作，你是想要跟我拿錢？」

「你個奸商。」格里亞貌似放棄追究，心中還是在盤算勒索計畫。不討錢，總是有其他方法可以補償回來吧？

「欸，那個元素聖物的事情，我挺好奇的，你當是幫我一個忙吧？別趁機去敲我弟的竹槓。」暮朔也算瞭解格里亞，又補上一句話。

「再見了，唉，我的錢。」格里亞含著辛酸淚，揮手送別自己的錢。誰讓暮朔已經把話說死，而自己還不想和他鬧翻。

龍緋煉見暮朔和格里亞談完，終於能插句話，「你們不愧是從無領地界出來的，也是那傢伙養和教出來的小鬼。」

「別給我提他！」暮朔和格里亞同聲喝道。

「嗯，果然。」龍緋煉不理會他們的說出結論。

「欸欸，我不是他養的。」格里亞反駁。

「我不算是他教的，你要負一半的責任。」暮朔抗議。

「是嗎？」

龍緋煉先是指著格里亞，後朝暮朔點去，毫不留情說出兩人的相同點，「一個是賢者養子、一個是賢者繼承人，多少學習了無領和賢者特有的法術，你們敢說不是他養的、他教的？」

「……」

格里亞和暮朔無言以對。

面對賢者的「熟人」，他們實在找不到話否認。

格里亞知道再談下去，就會變成大家一起聊賢者，連忙改變話題。

「你們為什麼對聖物好奇？可不可以不管聖物！」

「那你給我一個理由，你為什麼關心聖物的下落？」龍緋煉反問，「雖然你看似不想問威森，可我清楚你是『現在』不會問，但『之後』會問。」

「嘖，你會讀心。」

格里亞咬牙切齒的暗暗反省，的確，他是「現在」不會，「以後」一定會，原因很簡單，是因為龍夜，或者該說是暮朔。

只是這點小心思瞞不過龍緋煉，還是被發現。

雖是如此，但他決定否認到底。

「那是學院指派的任務。」

格里亞眨了眨眼，展開手中摺扇遮住臉，「學院被商會擺了一道，我這護衛隊隊長沒面子，當然要查個水落石出。」

「風。」龍緋煉看著格里亞，用異常認真的口吻說：「我跟你認識幾年？」

「打開扇子又遮臉，你心虛了。噢，不，應該說你要騙人了？」暮朔笑著接話，「嘛，這是來這裡多出來的習慣？不過，你這一點小動作瞞不過我們。」

「……」格里亞索性閉嘴，不再回答。

「嘖嘖，說不過我們，就不說了？」暮朔勾起唇，笑著說道。

「不，是認為我說再多也沒用。」格里亞收起摺扇，「緋煉會讀心不是嗎？他讀都讀完了，我何必浪費口舌，說一些沒必要的話？」

「這麼說也對。」

暮朔輕笑，這是所有熟識他的人的心聲。

不過暮朔沒有想到，他自己好奇就算了，連龍緋煉和格里亞都對聖物有興趣，如果這兩人只是好奇想要調查，也不太對。

這兩人不會為了那一點點的好奇心，調查這些事。

畢竟這是水世界，不是他們原來的世界，和他們沒有切身關係。

暮朔為此開始思考，聖物到底有什麼特殊作用，是不是該瞞著這兩人自行調查？

「暮朔。」龍緋煉聽到暮朔的心聲，勸告道：「好奇歸好奇，但在休養的人不要亂跑。」

「聽不到。」暮朔若有所指的說，「你們似乎正瞞著我在做事，我如果再不調查個水落石出，豈不是對不起我自己？」

「你……」格里亞有話要說，卻忽然感應到什麼，臉色一沉，朝某方向望去。

「怎麼了？」暮朔很意外格里亞會變臉。

「等我一下，我的隊員出事了。」

格里亞從懷中拿出一顆透明的結晶，喃喃道：「怪了，他已經壓下去，怎麼沒有到這裡來？」

他的隊員所持有的傳送石被他改造過，極難出現使用後無法傳送的狀況。從結晶傳出的魔法波動顯示，壓碎傳送晶石的不是別人，是進行潛入作戰的涅可洛可．拉菲修斯，是不是光明教會內部有阻擋傳送魔法運轉的神術？

龍緋煉偷聽了他的心聲，「你的隊員在光明教會出事？」

「還不是為了你們。」格里亞翻了翻白眼，「不然我也用不著派人進去。」

想到這裡，格里亞思索應對方針，看這狀況，涅可洛可鐵定困在某個地方出不來，如果貿然過去，可能連自己都有危險。

不知怎地，他將目光移到龍緋煉和暮朔身上。

「暮朔，先前聽你說，你有專門研究過水世界？」

「嗯，至今沒有停過。」暮朔點點頭。

「我幫你們照顧小鬼，你們差不多該給我照顧費用了。」格里亞抬手向前伸。

「風，你不用這樣強行撕破臉。」

龍緋煉不會冷漠到不顧格里亞那邊的狀況，他轉頭詢問暮朔，「你有什麼方法在這時候能用？」

暮朔兩手一攤，略顯苦惱，「風那邊的狀況，是卡在傳送陣的問題？」

他朝格里亞伸手，討取透明結晶觀看。

「唔，水世界的東西很難分析，動不動就跟神力有點牽扯。」

先前製作龍月的武具快是快，那是因為剛好材料足夠，又研究許久，而現在要他突然分析一個已經完成的物品，真的有點難度。

「這裡、這裡。」

格里亞心知暮朔可能沒有見過他手中這東西，解釋給他聽，「你看中間，是不是有一個黑點？」

暮朔看著透明結晶內有許多白色亮點，中間一處如格里亞所言，有個黑色的點。

「這顆結晶是傳送晶石的『母石』，那些白色點是『子石』，你可以當作是傳送路徑的原點，只要有人持有『子石』，並將『子石』壓碎，就會傳送到『母石』所在處，那個黑點則代表『子石』已碎，持有者應當會出現在我這裡。」

「但人沒有出來？」暮朔將透明結晶遞還。

格里亞肯定的點頭。

暮朔思索著，反問格里亞，「你想要怎麼做？」

撇開與格里亞的交情不提，暮朔反對前往光明教會救人的魯莽行為，誰知道他們過去，對方會用怎樣的「大禮」來迎接他們。

目前他能想到的最好方法，是利用格里亞手中的母石，將毀損的子石，也就是黑點所在處的那個人強行弄過來。

「救人出來。」格里亞深吸一口氣，說出選擇。

「嗯，我知道了。」

暮朔點頭，這跟他想的一樣，既然是拉人過來，他有辦法了，但這樣一來，他沒辦法確定拉過來的人會不會只有涅可洛可。

「你有方法？」格里亞十分訝異。

他是知道暮朔擅長技術研發和器具製造，遇到反向追蹤，將人救出的問題，有解決方案對他來說不是難事，難的是這麼快、這麼輕鬆的告訴自己有辦法了。

「是……有。」暮朔扒抓了下頭髮，不太確定，「你也知道我們來這裡沒有多久，一到水世界的第一件事，就是武具改造。」

畢竟聖域的武器與水世界的構造不一樣，就算他們以「邊境居民」的身分混入首都，如果武器構成跟水世界相差十萬八千里，任誰都會發現不對勁，一個不小心，真的有人去邊境調查他們，那就糟糕了。

而暮朔真正想說的，就是他們來這裡的時間不夠長，他研究範圍仍繞著武具打轉，尚未發展到傳送陣的部分，對於這點他沒什麼把握。

「你又擅長什麼？」

格里亞朝龍綁煉望去，這名喜歡扔符石開結界，又是水世界常客的人，對傳送陣應該比較擅長吧？

「只限於結界跟偽裝。」龍緋煉沒有隱瞞地說：「傳送沒有多大興趣。」

身為指導者，不可以給歷練者太多方便，他才沒有特別研究傳送陣。

格里亞忍不住嘆氣，他的隊員不會救不回來吧？

「實驗中的物品，還不算完成。」暮朔看格里亞煩惱的模樣，只能拼一把了，「我不保證效果，你要試看看嗎？」

暮朔手掌一翻，掌心多出一個透明結晶石，那是學院的傳送晶石。

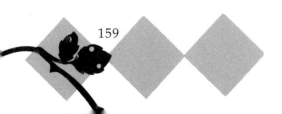

「你拿學院的傳送晶石做什麼？」格里亞下意識地發問。

「你以為這是普通的傳送晶石？」暮朔白了格里亞一眼道：「這是我改良的特製傳送晶石，只要鎖定好對象，可以無視地點，硬是將人傳送過來。」

「只是沒有實際拿人實驗過。」龍緋煉讀著暮朔的心，輕笑道：「之前你都是用小動物實驗？還出錯了不少次？」

「是。」

少見的，暮朔雙頰微紅，一副不好意思的模樣，「最近才有時間研究，新東西也是需要時間熟悉的，出錯是難免的。」

「算了，暮朔出品，都是掛保證的。給我吧！」

暮朔的眼角抽了一下，他自己還沒這麼有信心呢，但他最後還是把傳送晶石遞給格里亞，「我不知道那個人所在的黑點代表的方位，你自己用。」

「確定座標位置，再選定目標是誰就行了？」格里亞狐疑地問。

「嗯。」暮朔趁機發揮他的奸商本色，「風你把這東西當作訂金，好好用。」

格里亞聞言一僵，這算是強迫推銷？利用這個傳送晶石，當作收養小鬼的訂金？

早知道就先提條件，和暮朔好好談判！現在救人比較要緊，浪費不了時間。

「我知道了，你到時候可別後悔。」格里亞認命了。

暮朔往旁邊讓開一步，「加油，人類實驗品一號。」

「……」

格里亞絕望了，他忘記暮朔說這東西還在實驗階段，尚未進行「人體實驗」，難道這傢伙是想要利用他，看看這個傳送晶石是不是有效。

「如果有效，我要收取佣金回報。」

「欸，用我的東西救人，你跟我收什麼佣金回報？」暮朔作勢要將傳送晶石拿走。

格里亞見狀，趕緊將傳送晶石抱緊，「我又沒有說錯，如果這東西真的有效，你要多做幾份給我，當作補償。」

「補償個鬼。」暮朔拉了拉銀白色手套，「再囉唆，你家隊員不曉得被分屍沒有？」

這話一出，格里亞連忙壓下各種討價還價的衝動，左手握緊傳送母石，右手捧著暮朔給他的傳送晶石，閉起雙眼，想著涅可洛可的模樣，須臾間，右手的晶石碎裂，地面浮出白色的圓形魔法陣，發出淡淡且不顯眼的白光……

完全感受不到其餘人事物的徹底黑暗，深沉的使涅可洛可感到自己在墜落。

他以為自己的生命會這樣結束，不知怎地，一個鬆了口氣的慶幸嘆息聲響起，還有一句呼喚，在他心中不斷迴盪。

「起來，給我起來。」

「是。」

涅可洛可一想起那個熟悉的嗓音是誰，馬上跳起。

轉了轉水藍色的雙眼，涅可洛可驚覺自己身在商店區邊緣地帶，格里亞就站在他的身旁，而且露出不悅的表情。

「不像樣，居然被人打昏了。」

格里亞的低語聲，涅可洛可有聽到，所以他被人打昏後，被格里亞叫起來？

光明教會那邊呢？光明教皇跟大主教又去哪裡了？

隊長是怎麼把他弄出來的？還是隊長跑去闖光明教會？

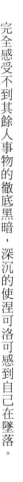

「你們不要閒聊了，傳送陣出現問題，關不起來，我們該準備落跑。」

說話的人，是一個有些陌生的少年。

涅可洛可仔細一看，發現格里亞左邊站著一名有著紅色長髮與眸色的青年，而右邊則是一名束著黑色馬尾的少年，剛才說話的人是這名少年。

涅可洛可的思緒呈現混亂狀態，掌握不了目前狀況。

「隊長，現在是怎麼一回事？」

記得，他那時候離大殿門口就差幾步，結果被躲在暗處的黑暗獵人打昏？

之所以用問號，是不確定自己驚覺前方有人時，究竟是中了擋路的黑暗獵人襲擊，或是被後方視線恢復清明的莫里大主教擊中。

還來不及想自己為什麼沒有當場被殺，居然是昏迷而已，從醒來後，眼前出現隊長不說，還多了兩個人，而聽他們的對話，傳送陣關不起來？

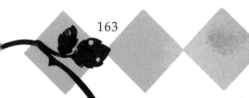

記得光明教皇說，傳送陣在他的領域無效，難不成隊長帶人進光明教會救人，可怎麼這麼快就移動到商店區了？

涅可洛可轉動著水藍色雙眸，張望附近，他確實是站在銀凱的街道上，周圍還有透明的結界包圍，時間是晚上，應該會有零星的人潮，為什麼一個人都沒有看到？

「這裡是哪裡？」

他看著周圍，此地是商店區，但商店區連個「人影」都沒有，讓他很不確定。難道他在做夢？夢到隊長出手救他離開？

如果真是這樣，還是讓他回歸現實，讓他確定自己是死是活。

「風，他不相信自己得救了，以為在做夢。」紅色頭髮的青年瞥了涅可洛可一眼，又看了看仍在運轉的傳送陣，「現在要怎麼辦？」

「你被我救了，沒有做夢。」格里亞一手拎過涅可洛可，「雖然我想問你發生什麼事，但現在沒時間聽你報告，我們先離開。緋煉，你可以把傳送陣炸了。」

話完，格里亞不給涅可洛可說話機會，和黑髮少年一起快跑離開。

涅可洛可維持被格里亞拉住而被迫跟著往前衝角度，同時看到黑髮少年迅速跳到格里亞的左肩上，發出滿足的嘆息說道：「肩膀借我踩一下。」

「你已經踩了！」格里亞暴怒表示。

涅可洛可看黑髮少年露出微笑，腳步輕轉，面對他們背後的傳送陣，然後他就聽到清晰的爆炸聲。

當格里亞跳到屋頂上，準備跳到另一個巷子裡時，聽到聲音，先是微微一愣，然後用力轉頭，發現他們原先所在的小巷被炸出一個大坑洞，導致街上煙霧瀰漫，原本被龍緋煉的結界給驅離的人們也走了過去，看到突然出現的大窟窿，露出嚇到的神情。

站在屋頂上的格里亞見狀，對悠哉出現在身旁的龍緋煉大喊：「你居然轟出一個洞。」

格里亞差點吐血，這裡不是位在南區學院的周邊區域，這樣一轟，銀凱的守備隊一定會被吸引過來。

「沒時間顧這些了，至少我引爆完才撤結界。」龍緋煉拍了拍衣袍，「這樣他們只看到結果，來不及看到過程，何況消除傳送陣的最快方法，就是讓它無法使用。」

話是這麼說沒錯，格里亞還是有些暴躁，這些人不能看在這裡是「其他」地方，不要做出過度招搖的事情嗎？畢竟，這裡是水世界挪亞，不是聖域。

「隊長，他們是誰？」涅可洛可看自家隊長怒氣沖沖的模樣，「是你的朋友？」

看隊長這麼生氣了還不用風刃劈人，代表雙方關係不錯？

「不是。」格里亞立刻否認。

然後，依然站在他肩上的黑髮少年低頭，對涅可洛可笑著說道：「您好，我叫龍夜，是格里亞先生今天新收的護衛隊見習生，請多指教。」

他不給格里亞抗議的時間，又朝紅髮青年的方向比去。

「他叫龍緋煉，是校長派出來的協助人手。」

——暮朔，算你狠！

格里亞內心滴血，這算是先斬後奏?·完全不給他否認的機會。

「暮……龍夜給我下去。」格里亞歪著肩膀，想要把人甩下來。

但暮朔的腳像是生了根，不管他怎麼動，都沒有挪動腳步的打算。

「別這樣。」暮朔語氣沉重，「我想，我們沒有閒聊的時間。」

暮朔瞇起眼，看著塵煙漫漫的大街，他沒有漏看，在龍緋煉動手毀掉傳送陣的瞬間，從傳送陣內強行竄出的數道人影。

「緋煉，你失手了。」暮朔這麼說。

然後格里亞不再抱怨，加緊腳步，快速離開商店區。

chapter 14 街上的追逐

光明教會內，有著灰褐髮色的大主教瞇起淡藍色雙眸，看向不久前被打昏的學院護衛隊隊員所躺的位置，那裡空無一人，僅有一個白色的傳送陣。

當時，躲在暗處的黑暗獵人將偽裝成祭司的潛入者打昏後，正等待他的決定。

這件事教皇沒有多大的興趣，丟下一句讓他處理後便離開。

而莫里思考了一段時間，決定留下活口，因為他想要知道涅可洛可潛入學院的原因，如果順利的話，說不定能夠撬開對方的嘴，問出學院的隱藏祕辛。

但莫里沒有想到，他剛做出選擇，一回過頭，就看到傳送魔法陣浮現在潛入者的身下，散發著點點的白光。

然後，負責壓制潛入者，以防突然醒轉的獵人，被一道強勁的風刃掃了出去。

拋飛的獵人身軀灑出血花的那一刻，潛入者已經消失不見。

唯一能做為他存在過的證明，是那個因為領域問題而關不掉的魔法陣。

一個圓形，泛著白光的魔法陣無可奈何的留在地上。

這裡畢竟是屬於光明教皇所在的中央殿，有施展禁止使用傳送法陣的神術，所以傳送陣勉強在這裡強行開啟，勢必會失去一些原有的效能。

只是，光明教皇面對那位不速之客時，已經發動了大殿的防禦神術，為什麼有人可以無視神術的功用，仍舊啟用傳送陣將人救走？

莫里看著泛光的傳送陣，感覺他的頭在痛。

不管如何，現在要做的第一件事，是派人追過去調查。

他果斷地抬起手，以黑暗獵人之首的姿態，點出幾個身手和能力較強的，讓他們進入傳送陣，去將救人的和被救的全帶回來，也要將使用詭異傳送陣的人殺死，杜絕後患。

接下來要做的，是將這個傳送陣去除，加強教會的防禦，以免日後有人又跟這次一樣，派人進入就算了，被抓到還可以馬上將人救走？

如果這件事傳揚開來，光明教會的權威便會蕩然無存。

而這樣的大事一定需要一個負責的人，不用想，那個人就是他。

等到光明教皇要他肩負起這起事件的所有責任，大主教的帽子被拔下就算了，他的小命有可能不保……不，他的小命本來就快要保不住，光明教皇已經發出最後通牒，不會給他再次犯錯的機會。

面對自己的生命危機，莫里說什麼也不會讓它成真。

接二連三的發號施令，莫里準備好幾個追殺方案，才想將傳送陣處理掉。

「莫里。」

正當他以為一切妥當，一道好聽卻冰冷的嗓音傳入耳中。

「你過去，將人帶回，失敗了就不用來見我。」

莫里大主教回過頭，看著說出異常冷淡話語的光明教皇，內心冷汗直流。

看來這突如其來的發展讓教皇動了怒，他轉過身，對光明教皇鞠躬。

「是，教皇冕下，莫里一定會完成任務。」

說完，莫里大主教走到白色的傳送陣內，身影緩緩消失。

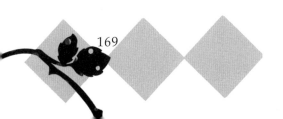

光明教皇瞪視著傳送陣，冷冷地勾起唇，低聲喊道：「羅亞斯。」

那是光明教會內，不論是大主教或是祭司，都未聽過的陌生名字。

隨著光明教皇的呼喚，身穿黑袍的男子出現在白色魔法陣的前方，單膝跪地。

「如果這次莫里失敗，你知道該怎麼做？」

名為羅亞斯的黑袍者緩緩站起，對光明教皇鞠躬，沒有踏入身後的白色魔法陣，身形微動，彷彿不存在般，再度消失在這個光明教會的殿堂。

等到該負責的人全離開了，光明教皇將視線移回白色的魔法陣上，他抬起手，正要有所動作，白色魔法陣內卻突然出現一顆紅色的石頭。

閃爍古怪紅芒的石頭一落地，地面的白色魔法陣瞬間染紅，泛起紅色的光芒，下一刻，爆炸聲乍響，將傳送陣和周圍的白色地板全部炸得粉碎。

這聲巨響連隱藏在殿外駐守的聖騎士也聽見了，他們全副武裝，跑入本是關閉的大殿內，看看是否有敵人進入，對光明教皇做出什麼不利的舉動。

巨大的爆炸力帶起不小的衝擊波，引起的粉末噴飛中，聖騎士們視線不良的慌亂了一下，正想往深處快速衝刺。

光明教皇的命令適時傳來，「回去工作崗位，這裡沒事。」

確定光明教皇無恙，聖騎士們對前方恭敬行禮，向後退了數步，什麼都不在乎般，抱著最虔誠或者說是最無知的心態離開大殿。

等到所有人離開，偌大的大殿僅剩下光明教皇。

此時，所有煙塵終於慢慢落了地。

光明教皇忽然露出一抹詭異的笑，「是不希望我調查嗎？」

他的手輕輕敲擊椅子扶手，被破壞的地板立刻恢復原狀。

光明教皇的眼簾緩緩垂下，悠閒地坐上椅子，等待部下的回報。

通往楓林學院的道路上，四道人影趁著夜晚，快速從暗巷中掠過。

他們的身後有數道黑影，不依不饒的緊追不放。

最前方的黑髮青年向後一瞄，發現那票黑暗獵人仍未甩掉，不由得嘖了一聲，「真是陰魂不散。」

跟著格里亞的目光一轉，移向速度跟不上的藍髮魔法師，問道：「涅可洛可，你沒問題嗎？」

「隊長，我被人打昏才剛醒來，你覺得呢？」

涅可洛可無言以對，他們的隊長依然很沒常識。

格里亞微微點頭，沒有把涅可洛可的鄙視眼神放在心上，對身旁的龍緋煉說：「我們不回學院了，你和龍夜先帶著涅可洛可去商會找席多，這裡交給我。」

分派完成，格里亞停下腳步，銀色摺扇展開，轉身朝獵人奔去。

「打架這事怎麼可以少我一份。」暮朔看了看算是包袱的涅可洛可，「緋煉。」

「欠我一次？」

龍緋煉淡淡地朝暮朔看了一眼，眼神冷淡，嘴角卻露出笑意。

「是那傢伙，不是我。」暮朔不想做賠本生意。

「當然。」

龍緋煉點點頭，誰叫涅可洛可是格里亞的下屬。

決定做好了，他的雙手一轉，左右手掌心各自浮出兩顆白色的符石，雙手一壓，符石碎裂，變成白色的光，朝涅可洛可飄去。

涅可洛可來不及反應，就被白光包圍，頃刻間，身上隱隱傳來的刺痛感消失了，這才發現身上那些大大小小的傷全好了。

「你去商會找那個囉唆的……就是什麼副隊長席多，我去幫格里亞隊長。」

暮朔拋下這話，轉身和龍緋煉跑去追格里亞。

「喂！」

涅可洛可沒想到除了他之外，其他人跑光了。

既然無傷在身，現在這樣子還能離開嗎？真不回去幫忙，也說不過去。

涅可洛可被迫無視隊長原先的命令，同樣跟了上去。

僅僅慢了一小段時間，戰況似乎非常激烈？

涅可洛可依循前方眾人的腳步，努力追逐，卻發現隊長他們將路線轉回商店區，沿路可以看到一些黑袍人被打昏，而且很有技巧地讓他們倒在暗巷內不起眼的地方。

他跟著沿路的「路標」，來到原先他醒來的巷子附近。

「隊長。」湼可洛可一見到格里亞，馬上奔了過去。

格里亞聽到聲音，摺扇微微張開，半遮著臉，惡狠狠地瞪了湼可洛可一眼。

隊長生氣了？湼可洛可飛快的低下頭，不敢多說半句。

同時他也發現，大街上居然一個人都沒有，是提前被趕走或嚇走了？

「哼，潛入者又跑回來了？這是要自尋死路？」

湼可洛可順著聲音，看到站在格里亞前方不遠處，與他對峙的人。

雖然對方身穿不明顯的灰色袍子，他還是認出來了，那是莫里大主教。

莫里身後站了數名黑色袍裝的黑暗獵人，雙方陣營明顯的各據一方。

「銀白色摺扇、黑色長髮……學院護衛隊的隊長，風．格里亞？另外一個是黑暗教會的人？你們居然敢大大剌剌的在街上行走，是不怕死嗎？」

莫里瞇起雙眸，打量著他的目標。

他話裡第一個說的是格里亞，第二個是針對龍緋煉，畢竟，龍夜等人讓光明教會的獵人行動屢屢失敗，他們四人的長相特徵早就刻在莫里大主教的腦海裡。

要不是他們四人，他不會落到這般下場。

至於龍夜（暮朔）沒有被認出來，是因為處於偽裝狀態，才沒有被察覺。

如果不是正面迎敵，龍緋煉是有辦法隱藏容貌的，不過既然開打，便不用藏頭露尾的，他也就什麼都沒做，好幫格里亞分擔一下攻擊火力。

「光明教會的莫里大主教率領他的黑暗獵人來追捕我的部下？」

格里亞隨意說出對方身分，又說：「你無視楓林學院的中立，追殺我的隊員，也可以說你不怕死嗎？」

「如果你們學院沒有派人進入光明教會，我們不會派人追捕。」莫里冷哼道，光明教會佔著理字。

「格里亞先生，這裡是哪裡？」暮朔刻意用龍夜的口吻發問。

「小助手，這裡是商店區。」格里亞見暮朔玩心大起，開始陪他玩。

涅可洛可聽的一愣一愣，這兩人在做什麼？

「哦！」暮朔一臉理解的點了點頭，又問道：「格里亞先生，剛才街上有很多人，人呢？」

「被趕走了吧？」格里亞繼續配合。

暮朔又發出哦的一聲，提出了最重要的一個問題，「格里亞先生，既然這裡是有很多人潮的商店區，那麼大主教大人剛剛說的是什麼意思？我們闖入教會了嗎？從這裡就屬於教會？」

格里亞會意的接話，反將莫里一軍，「這裡不屬於教會呢，小助手。我們好好的在商店區街上閒逛，突然被人包圍襲擊，這還是第一次知道光明教會這麼的……光明？」

面對自己的隊員抽中籤王，被發現也就算了，連脫身都無法脫身，還要靠暮朔的小道具將人救出，格里亞心中憋了一肚子的火氣。

話雖如此，但看涅可洛可的小命差點葬送在光明教會，就不想苛責他。

『你該講點什麼吧？你也是當事者，不要裝死。』格里亞朝沉默的某人推了推。

龍緋煉一邊聽他的心聲碎碎唸，一邊將推自己的手打掉。

『與其說是籤王，不如說是你的部下太倒楣。』

龍緋煉仍舊沒有開口，僅僅是眼眸半斂，再不掩飾氣勢的微微仰首，無形中彰顯的高傲姿態，幾乎直接壓倒對面氣到發抖的莫里大主教。

他緩緩勾起嘴角，揚起一抹笑，哪怕對方是水世界裡位高權重的光明教會大主教，又是黑暗獵人之首，他只知道，身為聖域的龍族族長，不容許別人的氣勢壓過自己。

格里亞見龍緋煉和莫里大主教暗中較勁，不禁苦笑，上位者都是這種性格？

看看他身旁另一名也算是有著「特殊」身分的暮朔，看到對方老大不緊張就算了，臉上還堆滿了挑釁的笑，這是故意的吧？

畢竟暮朔前幾日還在光明教會的祭司那裡栽了一個大跟斗，要他做出人畜無害的模樣，鐵定比登天還難。

甚至該這麼說，暮朔沒有把光明教會給拆了……不對，是把在外面所遇到的光明教會的人全滅，就算光明教會賺到。

「隊長，我們先行撤退吧？不然等到銀凱守備隊過來，錯的反而是我們，況且，我只是名隊員，您卻是『隊長』。」

面對這般局勢，涅可洛可看得出這三人並不緊張，雖然他聽到莫里說出格里亞的身分時，就有大事不妙的預感。

他這名副隊長沒有被認出來，有一半的原因在於他幾乎都在做潛入工作，較不為人所知，一般人知道的副隊長僅有一名，是席多．隆，並不知道護衛隊副隊長一共有兩名，而第二名副隊長就是他。

如果光明教會把他這名默默無名，鮮少人知的副隊長當成普通隊員處理掉，楓林學院大可當作他的個人行為，把責任推得一乾二淨。

但這只限於他，格里亞在場，那就不一樣了。

堂堂的學院護衛隊隊長硬跟光明教會的大主教作對，露骨的表示要袒護自己隊員，雖然是在熱鬧的商店區，但如果光明教會不抓住格里亞，狠狠甩楓林學院一個耳光，讓其他人知道非法潛入的下場是多慘，誰知道日後會出現多少像涅可洛可這樣的人。

更別說格里亞還帶著一名光明教會通緝中的黑暗教會人員，面對可以將楓林學院抹黑的大好機會，光明教會再不動手，那真對不起他們自己。

「冷靜一點，涅可洛可。」

格里亞心知涅可落可想要犧牲自己，保全其他人，卻不想這麼做，「我救人的行動一點也不草率，你放寬心，不要緊張。」

「真沒想到，楓林學院和黑暗教會聯手了？」莫里大主教冷哼，「這就是所謂中立地帶的作法？不過，這樣一來，我的獵人動手也不會被說閒話。」

黑暗獵人是光明教會專門培養，獵殺黑暗教會的人，算是水世界既定的公開事實，遇到這般狀況，莫里大主教也不用掩藏。

「眼見不一定為實。」

格里亞指向龍緋煉，「路過、路過，你看這裡又不是什麼你的教會、我的學院，他是路過罷了，他的行動與學院護衛隊無關，單純是個人行為。」

還好暮朔是偽裝的模樣，莫里認不出來，格里亞不需要另外想其他的理由。

至於龍緋煉，那就好辦了，直接推到個人行為上就好了。

他又不是蠢蛋，何必不打自招。

「學院不知道這些人被教會通緝了？」莫里可不相信，「再看你的隊員出現在這裡，表示我教會裡的人應該被你的人處理掉了？」

「是的。」格里亞笑了笑，「誰叫你的人不長眼，動起學院的腦筋，我不好好給你們一點教訓，真以為學院是吃素的，任你們隨意出入試探。」

此話一出，莫里大主教臉色頓時一變，他沒猜錯，行蹤不明的祭司已經死亡，但是，他所找的那家情報組織並沒有通知他這件事，後面才會發生被潛入的事！

情報上的錯漏、被潛入的問題、逃走的潛入者、所謂路過的黑暗教會人員，這些事全部串連在一起，可不是一件小事，麻煩大了。

莫里鬱悶著，努力思考應對方針。

「學院居然殺死光明教會的祭司，罪是很重的。甚至還派人潛入光明教會，疑似要偷取教會機密，這一點，學院無法推卸責任。」

「哈，話不要聽一半，要聽仔細。」

格里亞臉上的笑意變濃，把適才的話換個角度重說一遍。

「不是學院殺死祭司，是我處理掉你的人，因為我是護衛隊隊長，面對挑釁學院的敵人，理所當然歸我負責。再說到派人進去光明教會，有嗎？我們現在在哪，你說的潛入教會的事，證據又在哪？你一沒有證據，二又誣賴學院殺死光明祭司，不會太可笑？還是說，你是要提醒我，該去學院做一下全校掃除？看看學院裡尚有多少隻老鼠？」

一時間，莫里啞口無言，不知道該如何回答。

格里亞對他這番話無動於衷就算了，居然反將他一軍，讓他在部下面前丟臉。

「狡、狡辯沒有用。」莫里最後只能說出這句。

「沒錯，事實才有用。話說到這，莫里大主教大人您也說過學院本身就是中立，那麼，光明教會先對中立的學院出手，錯到底是在哪一方？難道要學院打不還手、罵不還口？奇怪，這種教義連光明教會都不敢推行，又如何強行要求學院這麼做？」

格里亞雖然使用敬語發言，但話中的諷刺意味十足。

「隊長，夠了。」

涅可洛可站在格里亞的身後，沒辦法看到他的說話神情，從他與格里亞相處的經驗判斷，估計隊長非常火大，只想激怒對方，讓己方有理由動手。

格里亞不理會隊員的好意，笑容一斂，厲聲道：「明知學院中立，就該記得學院本身像是難民營，專門收容被你們迫害的對象，我只是遇到一名『苦主』同行，就給學院扣上『協助』黑暗教會的大帽子，你們教會欺人太甚。」

到此，全面佈局完成，格里亞露出勝利者的微笑。

「還真無恥。」暮朔低聲說出評語，還很假的小小聲拍手叫好。

「多謝誇獎。」格里亞沒有生氣，欣然接受暮朔的評論。

「格里亞隊長。」涅可洛可完全笑不出來，他看到不只莫里大主教，就連冷若冰霜的黑暗獵人們，對面一大票人表情全部陰沉下來。

以正常人的角度來說，格里亞這些話堪稱殺傷力驚人的太過刺激。

現在光明教會大概不會想要留他們活口好威脅學院，而是一了百了的殺掉。

「嘛，別緊張。」格里亞搖了搖摺扇，扇出微涼的風，「我是幫你說話，不然你真的打算過去送死？你沒有感動到哭出來，大喊『隊長感謝你』，還罵我？」

「我懷疑隊長您是來搞破壞的。」涅可洛可說出了心聲，「隊長您在某種程度上，比席多還要欠打。」

現在不只光明教會，連他都想要對自己人下手，以免有一天，這位學院護衛隊的隊長大人真的做出敗壞學院校譽的事，讓學院蒙羞。

「哈。」格里亞發出笑聲，把涅可洛可這番話當作讚美。

「哼，你們真以為光明教會這麼好欺負？」

莫里大主教並不是聖人，見眼前的潛入者先批評他們教會的行為，之後就聊起天來，無法做到眼不見為淨，他只感覺到內心不斷湧出濃烈的憤怒。

「別想要走，給我留下性命。」

莫里抬手，向上一揚。

躲在身後陰暗處，慢一步趕來的另一批黑暗獵人們出現，包圍格里亞等人。

「人海戰術？」

格里亞慢悠悠地揮著摺扇，斜眼瞄著緊張的涅可洛可，「真恐怖呀，吶，涅可洛可，我接下來該怎麼做，趕緊逃回學院？」

「真想請您不要再說激怒人的話，馬上帶所有人離開。」

雖是如此，涅可洛可仍是從口袋裡拿出恢復成木塊形狀的木杖。

好在格里亞救人時，並沒有忘記注意一下他的木杖還在不在身上，免得留下「證據」，於是在救人時順手將木杖帶走，也讓他現在有辦法幫忙反擊。

「所以？」格里亞見涅可洛可口是心非的拿出木杖，笑問。

「看這個情況，對方不可能放人，我們只得自力救濟？」

涅可洛可朝格里亞瞥了一眼，隊長已經把光明教會羞辱了一頓，他們鐵定不會善罷干休，他決定先替自己想一條活路，比較安全。

「呵，你是不是忘記你隊長我是什麼人？他們放不放，我都有辦法離開。」

來無影、去如風，這就是風．格里亞在學院護衛隊裡，所有隊員對他的印象。

「隊長有辦法帶著三個拖油瓶離開？您給的傳送晶石我用完了，就算您有其他的傳送晶石……」

涅可洛可壓低嗓音，懷疑道：「不會又傳送陣關不起來？」

他可不希望使用傳送陣的結果，是讓光明教會的人一起進入楓林學院。

「魔法不行，法術總該行吧？」

格里亞低喃，沒有人可以聽到他這句低語，除了龍緋煉。

龍緋煉紅眸微瞇，眼神掃視包圍住他們的人。

他對這些雜魚小蝦沒有興趣，向後退了一步，「這些人交給你們。」

「知道了。」

格里亞看龍緋煉放棄幫忙，暗嘖一聲，看向暮朔，「暮……目前這裡只有獵人比較好對付，那些交給你了，小助手。」

格里亞差點喊錯名字，幸好他改口的快，不然就慘了。

暮朔橫了格里亞一眼，「格里亞『先生』，請您放心，我應付得來，但您呢？獵人我全包是沒有問題，您該不會打算作壁上觀，看我和獵人們打？」

「我去處理礙眼的大主教大人。」格里亞指著莫里。

他挑選莫里是有「目的」的，只要他可以「摸」到他，一切好辦。

——小助手？

涅可洛可後知後覺的發現一個詭異名詞，他狐疑地看了「龍夜」一眼。

他記得少年說他是「護衛隊見習生」，小助手跟見習生差很大。

至於紅髮青年，瞧他說休息就休息的囂張模樣，真是校長派出來的協助人手？

涅可洛可的心中又出現了新的疑問。

「涅可洛可，不管有什麼疑問，都晚點再說。」格里亞用力合起摺扇，揚聲道：「你還是先保護好你自己，我要去逮人了。」

當他開始行動，黑暗獵人的首領莫里大主教也對黑暗獵人下了命令。

「護衛隊隊長的命給我留下，其餘人等，給我殺。」

黑暗獵人收到命令，各自拿出武具，他們持著武具的手順勢轉動，全數朝暮朔、龍緋煉和涅可洛可的方向分別進行攻擊。

「風裂。」

格里亞甩開銀白色摺扇。

隨著扇身顯露，捲起強大的風勁，當他持扇的手一揮，一道不停旋轉的詭異風刃將黑暗獵人的包圍網撕裂出一個大口，毫無阻攔的朝莫里大主教襲去。

莫里拿出大主教階級才可以使用的白色法杖，輕輕一揮，一陣白光輕閃，居然輕鬆抵消掉格里亞的風之魔法。

他所持有的白色法杖內部裝著小型的光明聖物分身，持有小型聖物的他可以不經施術就無限制使用光明神術，直到小型聖物內藏的力量耗竭為止。

當然，這是光明教會裡不為人知的祕密，唯有大主教階級的人才能得知。

龍緋煉聽著莫里的心聲，考慮要不要叫格里亞打劫這把內藏光明聖物分身的法杖，來研究聖物的構成，只是目前時機，不適合這麼做。

所以他沒有插手格里亞跟莫里大主教的互動，而是靜靜旁觀。

暮朔此時沒有閒著，他拉緊銀白色的手套，手指輕轉，趁黑暗獵人的攻勢節奏被格里亞打斷時，將他們手中的武器悄悄用絲線全數纏緊。

確定行動順利，只怕一不小心會傷到不巧衝出去的自己人，暮朔黑眸微斂，對身後的涅可洛可說：「魔法師，你在後面站好，不要亂動。」

涅可洛可揚眉，以為暮朔嫌他礙眼，不悅道：「我可以用魔法，不會礙到你。」

「呵。」暮朔發出笑聲。

涅可洛可才想說點什麼，沒想到，暮朔的手用力一捲、一收，黑暗獵人們手中的武器像被什麼利器切斷般，一把接一把的從中折斷，落到地上。

「我是怕切到你，才會好心提醒。」

暮朔向後一跳，站到涅可洛可的身旁，「魔法師，現在你可以安心行動了，我能做的已經做完。」

暮朔為了避免身分曝光，一旦遇到需要動手腳的事情，最好別做太多。

即使他有多渴望找人好好打一架，但這種眼多嘴雜的亂戰，卻不適合他。

雖然他現在是「偽裝」的狀態，誰都認不出來，可是等到結束，涅可洛可就會知道他是「龍夜」。

而楓林學院知道的龍夜是一名魔法師，但在光明教會那方看來，他所使出來的招式全是與武技相關，不管暮朔怎麼想，他都覺得是危機滿點。

『你不會用法術打過去？』

龍緋煉試探什麼似的，對暮朔傳送訊息。

他心想，暮朔什麼時候開始跟他弟弟一樣耍笨了，就算是假裝成龍夜，也用不著將腦袋的水平降到與龍夜一樣。

況且，暮朔只是法術天份不如弟弟，並不代表不會法術，明明前一天可以用法術轟格里亞，怎麼今日就不打算使用？

『你以為我不想用哦？』

暮朔心不甘情不願的回傳訊息，『你不想想我現在是啥模樣，如果真用法術轟過去，這個偽裝外表就失去「特效」了。』

『你打算用這臨時的偽裝去哪裡招搖撞騙？』

龍緋煉猜對了，暮朔果然另有計畫。

聞言，暮朔笑道：『嘿嘿，目前僅有身為隊長的風、商會兄妹，以及多話的副隊長知道這個扮相的主人是「龍夜」，既然其他人不知道，不好好運用這個偽裝身分太對不起我自己。』

暮朔有自己的盤算，雖然格里亞是臨時起意，幫龍夜做這個偽裝（實際上是不想要被多餘的麻煩纏上），但這個偽裝也給了他無形的好處。

那就是可以任意離開學院，不會被光明教會的人襲擊。

對他來說，只有好處，沒有壞處。

所以他不會當著光明教會的大主教與黑暗獵人的面，讓這些人知道，他們所追殺的對象之一和之二就在這裡。

而這點，格里亞也很清楚，所以他們從被光明教會之人包圍到現在，他都沒有喊過龍夜的名字，繼續用小助手來稱呼。

龍緋煉不再多說什麼，暮朔想做的事，沒人可以阻止，說了沒用。

這部分就暫時隨他去，不多管了，倒是這場戰鬥……

從光明教會與楓林學院的代表護衛隊一言不合的大打出手，他就特地張開結界不讓閒雜人等靠近，以免誤傷了人，光明教會又樂得把責任推過來。

但是這種大型結界某方面來說，便是黑夜裡的燈火，是如此的顯眼。

偏偏負責維持銀凱秩序的守備隊卻遲遲沒有過來，這很奇怪。

實際上，龍緋煉跟暮說談話時，目光從頭到尾都在附近街道上游移。

沒有問題，不像有人在附近設陷阱，也不似有誰準備橫插一手，卻出現了這麼詭異的局面，到底問題在哪？

龍緋煉心想，格里亞可能知道才對。

只是格里亞和莫里大主教打得如火如荼，他不斷發動風系的速動魔法（或者說是風系法術）與莫里大主教交手，貌似沒空分心。

有時假裝勢均力敵，比真正動手開打還要累人。

面對格里亞這麼明顯的舉動，龍緋煉不想做任何多餘的行動，繼續搜索周圍，看看光明教會有沒有在附近動手腳，如果情況不妙，他們最好走為上策。

——暮朔，你和魔法師換個地方打。

礙於自己本身還在黑暗獵人包圍網內，龍緋煉下達驅逐令，以免他要一邊注意周遭狀況，還要躲過黑暗獵人對他的攻擊。

『好啦，不說了，那麼，你專心做你的事。』

暮朔切斷對話，嘴上答應龍緋煉，卻絲毫沒有任何動作，他慢悠悠轉頭，對身旁的魔法師說：「你不動手嗎？魔法師你到底會什麼魔法？」

chapter 15 神秘的救援者

到底會什麼魔法？涅可洛可彷彿從這句話裡讀到隱藏的鄙視。

他不會認為自己呆站在這什麼都沒做，是因為沒有適合的魔法可用？

這少年是怎樣，真的打算把敵人全扔給他一個人？

是沒看到那些包圍住他們的一、二、三……大約有十來名獵人已經拿出備用武器，準備要來個「二次」攻擊嗎？

暮朔見獵人們重新整理好攻勢，唇邊的笑意依然濃烈，故意對龍緋煉說：「為了不妨礙你的悠閒，我們到一邊去打好了。」

他看龍緋煉還在專心「感知」周圍，沒有要挪移腳步的打算，才這樣說。

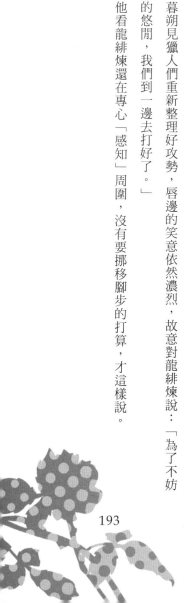

「不錯，有眼色了。」龍緋煉說著像讚賞小孩子的評語。

「真是……」涅可洛可有點無言，偷懶還這麼光明正大、義正詞嚴。

暮朔倒是不在乎那個評語，從小到大他不曉得聽多少次了。

之所以刻意這麼對話，不過是讓涅可洛可不會注意龍緋煉罷了。

至於分心注意外圍狀況的龍緋煉會不會被哪個黑暗獵人暗中偷襲？

好歹龍緋煉是龍族的族長，而且他那族還是擅長法術的緋炎一族，如果沒有幾手拿手絕技，那他這族長之位早就該讓給別人了。

「不用擔心他。」暮朔轉過頭，「魔法師，你是輔助還是攻擊類型？」

看涅可洛可身上的配戴物品，和早就還原成木塊形狀的木杖所傳出的波動判斷，他不是水屬性、就是冰屬性，也就是治癒輔助和攻擊的類型差別。

「冰屬性，但我是偏輔助。」涅可洛可持木頭的手一捏，木塊立刻變回木杖，「你呢？」

「這個。」暮朔低頭，朝手中的手套瞥了一眼。

「武鬥士？」涅可洛可愣了愣。

平常他都是配合身為劍士的席多，很少配合單純使用武技的武鬥士。

只是暮朔的模樣與他所知道的武鬥士有些不同，雖然那個手套看起來像是拳套，但使出的攻擊手法卻與「拳」無關，反而像是專門暗算別人的偏門攻擊手段，所以回答的口吻才會這麼不確定。

「啊？我不是。」

暮朔壓低嗓音，把聲音壓成線，只讓涅可洛可聽到，「我跟你一樣是魔法師，這是鍊金道具，騙人很好用的。」

涅可洛可瞠大雙眸，不敢置信的看著暮朔。

這個人是在騙他吧？明明用很奇怪的武器迫使黑暗獵人繳械，還讓他們拿出備份武器，有這樣的身手居然是個「魔法師」！

如果真是這樣，學院的武鬥院院生都可以集體自殺了。

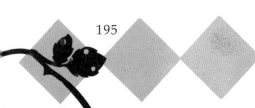

「嗯？我記得那個黑髮女……就是薇紗．凱爾特，是魔法院院生？既然她可以，為什麼我不行？」暮朔笑著說道。

「所以真是鍊金道具？你是鍊金術師？」涅可洛可的藍眸頓時一亮，暗自用魔法探測暮朔手中的武具，的確如暮朔所言，他所配戴的手套傳出陣陣魔法波動，只是這種波動他無法判定是什麼屬性。

「你猜。」

暮朔含糊地回答，手指朝掌心併攏，左右手成拳狀，然後鬆開。

涅可洛可看到銀白色的絲線迅速竄入地面，然後消失不見。

接著，暮朔向後退了數步，不斷地對涅可洛可遞出奇怪的眼神。

對此，涅可洛可只能嘆氣。

這眼神他看多了，他們的護衛隊隊長平常就愛使用這種眼神。

他都說他是偏輔助的，為什麼還是要他出面對付這些黑暗獵人？

「嘛，能當上副隊長，應該有過人的本事，看看人家大主教大人和部下都沒有偷懶，而隊長也在奮力對付獵人首領的份上，你加油一下？」

奮力？涅可洛可懷疑地看著風·格里亞，不管怎麼看，隊長是裝得很像樣啦，可是熟識的人一看就知道他是在玩，沒有半點危機感。

涅可洛可內心長嘆，晃了晃手中木杖，再不動手，有可能被對方鄙視吧？

「咚。」

尖端鑲有水藍色寶石的木杖杵地，發出沉重的聲音，以木杖為中心，地面凝結出薄薄的冰層，不論暮朔所站，還是涅可洛可的腳下，地面都凝結出了一層薄冰，在冰層即將穿過獵人的包圍圈時，又在獵人的面前停下。

暮朔露出看戲的表情，蹲坐在凝結成冰的地板上，雙手撐在背後，壓著地板，以免冰太滑，害他真的滑行出去，那就丟臉丟大了。

只是，雙手壓到冰面的瞬間，暮朔露出詫異神色。

地面的冰層沒有傳來既有的冷度，是溫的？

暮朔感到有趣的皺起眉頭，用左手抵著下巴，露出思考的神色。

——溫的冰塊，這魔法還真奇怪。

可惜他不是龍夜，沒有非常高的感知能力，不然他一定能知道這個魔法是用什麼屬性力量構成。

涅可洛可將杵地的木杖拿起，向後一跳，單手舞著木杖，低喊著：「動吧！」

話音落下，黑暗獵人身前地面劃出藍色的圓形魔法陣，陣內冰晶向上竄起，竄到與他們同高時，停了下來。

涅可洛可停止舞動木杖，再朝地面一敲。

地面的冰晶因木杖的敲擊而出現裂痕，涅可洛可第二次朝地面用力敲下，裂痕擴大，包含突起的地面冰晶一起碎裂。

暮朔一開始還搞不清楚涅可洛可想要耍什麼花招，花時間建構魔法的結構構成，又揮杖毀去，後來看到碎裂的冰晶落下後的狀態，眼神一亮，他明白了。

那是與黑暗獵人有著相同樣貌，或者該說是有著相同「形狀」的「人」，它們站在黑暗獵人的身前，與獵人們做出相同的動作。

「這是什麼魔法？」暮朔笑問。

「冰偶。」

「你還說你只擅長輔助，這攻擊手段一使出來，有不少的用處啊！」

涅可洛可聽到這番話愣住，他在格里亞面前第一次用時，他也是這麼說。

「先別高興的太早。」涅可洛可小聲地對暮朔說：「因為時間的關係，我做出的這些東西只有那些獵人的二到三成的實力。」

「是嗎？」

暮朔見那些黑暗獵人看到眼前突然出現與自己外貌相似的「人」，原本劍拔弩張的緊張氣氛消失，不自覺做出戒備的動作，看著那些「冰偶」，略帶遲疑。

「我覺得很厲害。」暮朔真心的誇讚涅可洛可道：「就算只是騙人，也達到了應有的效果。」

涅可洛可傻住，暮朔說得是沒錯，但獵人只要發現冰偶的實力跟紙糊的一樣，冰偶也就失去了效果。

他可不認為光靠暮朔和龍緋煉，可以對付一大群憤怒的黑暗獵人。

尤其這次光明教會似乎傾巢而出？從遠方奔向這裡的黑暗獵人沒有停過。

雖然是每次衝過來一、兩個，但是時間越長，他們的敵人越多。

「別緊張。」暮朔用格里亞適才對涅可洛可說話的口吻道：「想想你家隊長大人，他會救你的，不是嗎？要對他有信心。」

砰的一聲，其中一名黑暗獵人決定挑戰涅可洛可的「冰偶」。

獵人移動，冰偶也隨著獵人的動作擺動，開始與獵人過招。

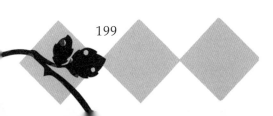

獵人的刀子刺向冰偶的身體，發現眼前冰偶並沒有他所想的那麼厲害，刀光一閃，就將傻愣愣的，中看不中用的冰偶完全切碎。

其餘獵人見狀，跟著動作，將阻礙自己行動的冰偶給摧毀掉。

「就這樣？」暮朔還以為冰偶還可以有不一樣的變化。

「不然是……」涅可洛可被他遺憾又可惜的表情刺激到，忽然靈光一閃。

他將尖端鑲有水藍色寶石的木杖指向崩碎的冰偶，畫了一個又一個圓圈。

冰偶碎裂崩落後形成的細小冰塊，因此停頓在半空中，開始繞著獵人打轉。

「嗯，休息夠了。」暮朔會意的對魔法師說：「接下來看我的。」

仍坐著的暮朔，按在地面的手向前一揮，發動先前的準備，地上為此竄出無數條銀白色的絲線，如果在正常狀態下，獵人們有足夠的空間閃避，和充份的時間反應。

可惜飄浮在半空中的細小冰塊太多，多到對光線十分敏感，即使是晚上的商店區，不多的光源也讓它們折射出驚人的刺眼光芒。

當視線受到阻礙，且冰塊發揮了本身的寒度，開始冷的刺骨，獵人們的行動因此受阻，像深陷寒冬的泥水般，又冷又難以行動。

於是，暮朔挑準這個機會，發出他暗中備下的偷襲。

果然，那些銀白色的絲線穿梭在細小冰塊中，無一缺失的順利纏繞住全部的黑暗獵人，他們就像是扯線人偶般，被絲線一一綁住，再也無法動彈。

「合作愉快。」涅可洛可心情極好的朝他伸出手。

「合作愉快。」暮朔舉手往他的手上一拍。

到此，涅可洛可、暮朔和龍緋煉這邊的危機解除。

反觀格里亞這方，卻顯得危機重重，當然，這是光明教會那一方的看法。

不打算掀底牌的格里亞，打的很保守，一直採取打帶跑戰術。

其實他正面作戰才是強項，卻用這種方式來消耗莫里大主教的神術術力。

龍緋煉卻不認為格里亞這麼做可以達到他的目的。

從剛剛偷聽的心聲得知，對方是大主教，武具裡有所謂的光明之神力量結晶分身，既然有一個不斷供給力量的物品存在，格里亞再怎麼消耗，最後也是他自己先累死。

而且，龍緋煉終於感覺到遠處傳來的大量魔法波動，有不少氣息往這裡移動，看來他們在這裡打太久，已經超過銀凱守備隊的忍耐時間。

不只如此，光明教會除了往這裡多填幾個黑暗獵人，就什麼也沒做。

挺兒戲的感覺，似乎一點也不在乎被救走的潛入者？這怎麼可能！

那麼，銀凱守備隊的故意拖延，可以猜想到他們和光明教會達成過什麼協議。

等候良久的龍緋煉，總算能判斷出光明教會那方備妥的後手，安心了些，他緩緩抬起手，手指交疊，發出清脆的響聲。

應聲，一旁的涅可洛可眼前一黑，往旁邊倒下。

暮朔看在方才合作愉快的份上，伸手托住涅可洛可的後領，不讓他倒在地上。

看來，龍緋煉準備要動手，就先把礙事的人弄昏。

沒了涅可洛可要注意，暮朔用不著與這群黑暗獵人客氣，他單手握成拳狀用力一拉，絲線糾纏更緊之外，還向會使人昏迷的部位纏繞過去，不一時，黑暗獵人已經全數倒地，同時，趁其他人沒有注意到他那邊，一條隱形的絲線竄入某位獵人的身體裡。

暮朔勾起唇，內心暗想，準備完成。

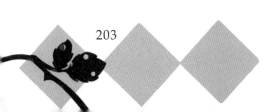

「緋煉，我這裡沒問題了。」

龍緋煉微微點頭，對格里亞喊道：「別玩了。」

那是命令句，而且是用不容許對方不聽的嚴厲口吻。

格里亞無奈的扇子輕轉，將莫里的攻擊給打退。

「好、好，我不玩了，這樣行嗎？」

說著，格里亞用扇身凝聚更加強力的風，形成小型的捲風，朝莫里大主教襲去。

莫里持杖的手一揮，再度用白色法杖抵銷掉攻擊，並發動靈魂攻擊的神術。

格里亞這次有備而來，在莫里使出神術的瞬間，身形一轉，發動速動魔法，跳至莫里的背後，他抬起手，輕描淡寫朝莫里的後頸摸去。

莫里反射性轉身，杖身朝格里亞揮去，又是一道靈魂攻擊。

格里亞卻在發現對方意圖轉身時，身體向下一滑，用類似滑倒的橫摔姿態，躲過莫里的靈魂攻擊，更和他擦身而過。

雙方離的太近，近到差一點會撞在一起的程度。

事實上格里亞滑行避開靈魂攻擊時，肩頭「輕輕」的擦撞到莫里腰間。

本來在雙方距離夠近時，格里亞會動用點非這個世界的小手段。

偏偏他感應到暗處有另外一股氣息，只得趕緊收手，停止即將使出的法術。

這次的機會錯失，格里亞僅能在第一時間往較遠方向一躍，脫離莫里近身攻擊的範圍後，回身與他對峙時，用扇身掩蓋唇，對龍緋煉抽了一下嘴角示意。

龍緋煉朝格里亞看了一眼，對他拋出一段訊息。

『拿到了？』

格里亞幅度微小的暗暗點頭，他都故意去撞莫里了，當然有得手。

龍緋煉不再浪費時間，立刻拿出一顆黑色石頭，朝上面一拋。

轟的一聲，黑色煙霧奔湧而出，不一會便將整個大街包圍。

煙霧一出，格里亞衝向被龍緋煉弄昏又被暮朔「丟棄」的隊員，一腳踹醒。

「隊長你！」涅可洛可發現自己倒了又醒、醒了又倒，隊長卻不可憐他。

「不是說這些的時候，涅可洛可。」

格里亞收回腳，二話不說，拎起涅可洛可的衣領，利用黑煙的遮掩，找準方向後快步跑離。

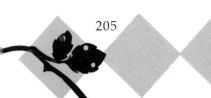

「格里亞隊長，請您放開我。」

被人揪著衣領，後退著逃跑的涅可洛可，非常的不舒服，想要吐。

「嗯？你能跟上我的腳步，我就放開。」格里亞只丟下這句。

「好吧！」

涅可洛可被迫妥協，他很清楚格里亞「逃跑」的速度有多快。

他看著煙霧瀰漫的街道，和遠方兩道速度同樣快到異常的身影。心知隊長在追先行逃跑的紅髮青年與黑髮小助手，涅可洛可遲疑了一下，「格里亞隊長……呃，算了。」原本想要發問，但現在在逃跑，便將問句吞回。

「有話快說，不然等等你要問，我也不會回答。」格里亞是認真的。

「那名大主教，隊長您不抓？」

涅可洛可被弄昏過去，一醒來就在逃跑，卻在離開前那一瞥，看到足夠多的東西。

明明場地被光明教會淨空、明明黑暗獵人們全被撂倒，縱使那些人屬於「光明教會」，他不相信楓林學院的學院護衛隊隊長風．格里亞，會不趁這個機會，將光明教會的大主教給綁回學院，畢竟，沒人知道他們在這裡開打啊！

就算知道了，又有誰敢說，光明教會這次居然敗給了學院護衛隊。

「不抓。」格里亞突然說了一句啞謎，「涅可洛可，借刀殺人這種事情我是不會做的。」

涅可洛可不清楚，但是格里亞和龍緋煉都有發現在黑暗獵人被全數擊倒，莫里孤立無援時，暗處乍現的氣息。

先前龍緋煉故意什麼事都不做的待在一邊，就是在防備意外發生。

沒想到強如龍緋煉，居然在對方現身前，絲毫沒有發現那個氣息的存在。

不然，龍緋煉不會使用符石放煙逃跑，而不是使用傳送陣離開。

依照那個氣息的可怕潛伏能力判斷，傳送陣開啟時，每個接近它的人，皆可能成為對方靶子，所以才必須這麼費事的靠自己逃跑。

小心駛得萬年船，那是以前賢者常對他說的話，格里亞一直銘記在心，當然，暮朔也一樣，不然他以前不會常常這樣對龍夜說，想讓他記住這句話。

所以，遇到這種狀況，優先選擇絕對能逃脫的那個選項最好。

至於「借刀殺人」？從那一位隱藏在旁，直到他要對莫里「真正出手」時才露面，表示他想借自己的手，讓莫里大主教「身亡」。

這種替別人揹黑鍋的蠢事，格里亞堅決不做。

涅可洛可是聽不太懂他的意有所指，但是借刀殺人嘛，這麼淺顯的句子他能明白意思，於是隊長不想做，他也就理解了。

「緋煉、小助手。」

格里亞依然維持喊名與喊綽號的本色，對著前方的龍緋煉和龍夜大喊著，「我們跑得夠遠，可以停下來了。」

豈知，前方的暮朔沒有回頭，而是直接搖手否定。

格里亞傻眼，他們離戰圈夠遠了，這兩人是想要跑到哪裡？

『呆風，你是救人救傻了，沒有發現嗎？』

暮朔不想放慢腳步等格里亞追上，因為格里亞那邊有一個不適合談話的人，還好龍緋煉建立的心靈通訊並沒有因為他的「醒來」而關閉，直接發了一道訊息過去。

——最好我是呆的，我又不是你那個蠢呆弟弟。

格里亞鄙視的罵了回去，往前奔跑的速度向上提升一成。

『暮朔沒有說錯，你是呆到沒發現後頭有人不放棄的猛追嗎？』龍緋煉不落人後的發出一段調侃訊息，差點讓格里亞抓狂。

——銀凱的守備隊不會這麼勤快，跑去追跑掉的兇手。

『光明教會呢？再說那個隱藏良好的潛伏者，似乎不想放棄的跟過來了。風，你的偽裝不是魔法師？怎麼沒有魔法師該有的風範？』

——這跟風範一點關係都沒有！

格里亞受不了，龍緋煉百分之百被暮朔帶壞了，一個、兩個嘴都這麼毒。

他當然知道有另外一組光明教會的人馬暗自跟蹤，他想說的是，大家搶先起跑已經爭取到足夠的時間，可以使用傳送陣離開，以免節外生枝。

『別以為我沒想過。』龍緋煉連格里亞這一段心裡的抱怨也沒漏掉，『你難不成真的沒有發現那個人跟鬼一樣陰魂不散？』

有銀凱守備隊插手又如何？目前追蹤，不，該說追殺他們的人正不斷散發出殺氣，刺的他想要回過頭，先下手為強的將那個人處理掉。

可惜，銀凱守備隊果然是跟光明教會有暗中交易吧？

怎麼看，會緊跟在後，距離越拉越遠也不放棄的銀凱守備隊，就像是要成為那個人的盾牌一樣，準備在那個人刺殺失敗時，出面保人。

這也是龍綁煉會耐住性子逃跑，而不回頭動手的主因。

短時間內殺不死，一超過時間就會被守備隊阻止，還不如乾脆放棄。

再說，龍綁煉不是傻子，因為龍夜的關係，已經沾染到名為「光明教會」的麻煩，可不希望又因為這件事，與銀凱守備隊出現衝突。

如果變成那樣的局面，他們恐怕真的要放棄龍夜的訓練任務、賢者也不用找了，直接離開這個是非之地，以免唯一的下場，是被人扭送牢裡。

格里亞當然懂這些道理，僅僅是被追殺的太久，心情有些暴躁。

正當他在考慮要不要將逃跑路線改向楓林學院，利用南區學院的中立地位，讓追蹤他們的人知難而退，前方的兩人突然停下腳步。

格里亞以為要使用傳送陣了，一跑近才理解為什麼龍緋煉和暮朔會停下。

這裡是一處不起眼的巷道，而前方正站著一名身穿黑色袍子的人。

「黑暗獵人？」

格里亞快走幾步接近，順勢鬆開抓住涅可洛可的衣領，瞇起黑色眸子，把整晚累積的不愉快發洩在這一刻，「你這是自尋死路。」

「我不是獵人，我是自己人。」看不清樣貌的黑袍人，輕輕說著。

那是屬於男子的嗓音，中規中矩的，沒什麼特色。

「是嗎？」

格里亞不認為在這個時間點出現的會是自己人。

「我的人已經把跟蹤你們的人引開，你們可以使用後面的傳送陣離開。」

「我們沒必要相信陌生人，對吧？緋煉。」

格里亞一回頭，卻發現對方臉色陰沉。

這反常的態度，讓格里亞收回笑臉，認真看回眼前的黑袍人。

「請您不要懷疑，還有那位大人。」男子頭微動，先後在格里亞和龍緋煉的位置停下，做出一點低頭行禮的舉動。

格里亞拿出摺扇展開，遮住半張臉，男子這席話讓他肯定，這人知道他們的身分。

他是什麼人？是龍族一派？

看見龍緋煉極差的臉色，格里亞知道對方鐵定不是他的緋炎族，有可能是另外三類的龍族人。

「兩位大人這次做的有點過火，雖然錯的是光明教會，但是一個不好，學院可是會被指責，如此情況我們並不樂見，畢竟，我們在這裡有一段時間了，不希望生意被人給搞砸。」

「我看是你不希望從明天開始，商店區就被銀凱守備隊和光明教會監視吧？」

龍緋煉嗤笑一聲，說出冷漠異常的話。

「嗯？不是同族？」

格里亞懂了，瞧龍緋煉不屑的目光，他到此可以斷定，這個人不是出自緋炎族，更不是源自於龍族，而是聖域另外兩族之人，是銀狼族？還是月影族？

「兩位大人這麼不想相信，我是否要展露真面目，讓兩位大人看看？或者說，是要讓兩位大人看看我的『誠意』？」

黑袍人向後退了一步，將自己埋入黑暗的巷道之內，緩緩將自己的黑色兜帽拉開幾分，帽簷之下，是長至肩膀的銀白色長髮，與淡銀色的瞳色。

他眨了眨眼，放出一絲屬於自己「原來」的氣息，後再收回。

「你是『那一族』的人？」格里亞皺起眉頭，略顯不悅。

「格里亞隊長，您認識他？」涅可洛可是從格里亞的語氣判斷。

「不認識。」格里亞一秒否定，「我只知道他是『什麼人』，但不認識。」

涅可洛可一愣一愣的，知道對方是「什麼人」，卻不認識？說來說去，就是知道眼前這個人的身分，還說不認識？歪理，這絕對是歪理。

『銀狼族。』暮朔立刻傳了個訊息給龍緋煉，『這裡有銀狼族的人？他們為什麼會出現？』

不知怎地，暮朔想到那位掛名徒弟，難道是他？

可是疑雁從進入聖域到現在，沒有提過遇到族人的事，不對，其實該說，他一直與他們寸步不離，根本沒有表現出要找族人的意思。

『暮朔，這裡是中繼站，不意外。』

龍緋煉回傳訊息，只是他對於在這時刻出現的銀狼族人，無法相信。

而且，他從這個人的內心所讀到的信息，更是讓他越加防備。

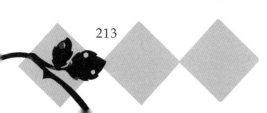

「哎，差點忘記這位大人會一點特別的。」

男子輕笑，對被族人稱為「傳說中的大人」開誠佈公道：「您好，學院護衛隊的隊長風．格里亞大人，以及遠從『邊境』來的龍緋煉大人，我的名字叫做瑟依，請兩位暫且手下留情，不要動手。」

饒是如此，名為瑟依的銀髮男子依然面帶微笑，極有信心。

「隊長，這個人說他是『瑟依』。」

果不其然，格里亞身旁的副隊長壓低嗓音，難掩心中的訝異。

瑟依，這是只要是踏足這類領域的人都會知道，這名字是水世界內，赫赫有名的暗殺組織，影會的首領之名。

而學院護衛隊是有保護學院祕密以及院生的責任，自然會知道。

目前與影會有私下合作的光明教會，以及挪亞最神祕的情報組織之首珀因都想不到，其實瑟依早知道龍夜四人的身分，而且從頭到尾，他都不想動手。

「堂堂的影會之首居然會協助學院護衛隊，我們該怎麼做才可以『表達』我們的感謝？」

格里亞說歸說，還是認為天底下沒有白吃的午餐。

名為瑟依的影會之首可是在他進入水世界前就揚名已久，面對他突然表達身分，這麼乾脆的出手幫忙，其中必定有詐。

「這位大人，請別這麼多疑，您看另外一位從『邊境』來的大人如此平靜，代表我是無害的，還是說，您是因為我的『職業』而不願意相信？」

格里亞不否認瑟依的最後一段話。

銀狼族人好戰、好鬥、好爭，他們來到水世界選擇「暗殺者」做為職業，並不令人不意外。

「哼。」

格里亞哼了一聲，用力合起摺扇，望向龍緋煉。

他這裡有涅可洛可，對於遭遇到聖域族人的這件事，最好的方法還是交給龍緋煉這些「邊境居民」處理。

『嘖嘖，真過分，居然把事情扔給我們？』

一個眼神就可以道盡格里亞想法，暮朔微微搖頭，拋出無奈的抱怨。

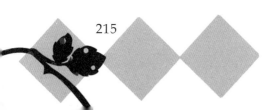

『這也沒辦法，不是嗎？』

龍緋煉考慮要不要回去後，馬上帶著格里亞去將疑雁腦中的記憶給「偷」出來，好好的翻閱一遍。

就算他所讀的疑雁內心都是空蕩蕩的，也不一定會失敗。

畢竟，他是讀，格里亞是偷，內心裡的訊息或許可以用各種方式隱瞞住，但腦內資訊就不是這麼容易就可以隱藏的。

「兩位大人想知道的事情，只要進入我身後的傳送陣便能得到答案。」

瑟依輕笑道：「這是我方那位大人想要給你們的一點小禮物，當然，是照顧那個人的禮物。」

瑟依所指的是遠在聖域，隸屬於銀狼族的族長。

「要去嗎？」

俗話說得好，不入虎穴焉得虎子。

就算龍緋煉知道答案，格里亞還是想要看看傳送陣的地點是不是他所想的地方。

「當然。」龍緋煉揚眉，答案早已瞭然於心。

「兩位大人——」

當他們要進入暗巷內的傳送陣時，瑟依叫住了他們，只是下一秒，被人截斷話。

「欸，你為什麼一直忽略我？」

說話的人是暮朔，從瑟依出場至今，都沒有與自己對上一眼，如果說，他只願意看聖域之人，那也說不過去。

畢竟，身為學院護衛隊副隊長的涅可洛可·拉菲修斯，瑟依就算有意還是無意，概略算算，也有七、八次的把眼神看向他。

但自己，暮朔非常肯定，瑟依總是在避開與他對視或接觸。

要說他是瞧不起龍夜嗎？畢竟，龍夜是聖域裡出了名的廢柴，是被族長放棄教育，最後終於讓他歷練修行的族長之子。

問題是，那種刻意避開的作法，不太像啊！

「不是。」瑟依定定的抬起頭與他互看。

此時他的眸中所透出的，是比對龍緋煉，以及對格里亞更加恭敬的神色。

格里亞見狀，還沒有動作。

龍緋煉就拉起暮朔的手，二話不說直接朝傳送陣裡跳進去。

格里亞對於這突如其來的發展，也趕緊拉著自己的副隊長，隨後跟上。

等到魔法陣的光環緩緩消失，瑟依瞇起銀色的眸子，雙手交疊，身子向前傾，行了一個遲來的大禮，是那麼謙恭和尊崇。

「對於傳說中的賢者繼承人，我們可是不敢直視的。」

最後出現的，是不知道該說是諷刺，還是恭敬的話。

萬靈藥與元素聖物

「暮朔，回去後，不要阻止我去剝了那隻狼的狼皮。」

甫一走出傳送陣，龍緋煉拋出危險的話。

危險、太危險了！銀狼族的人居然知道暮朔是賢者繼承人？那些銀狼族的人是什麼時候知道的？

不，應該說，這是警訊！

當初他果然不應該順著暮朔的意思，用什麼鬼契約，讓疑雁不要說出來……其實最好的處理方式，還是把疑雁這個知道暮朔祕密的銀狼族人宰掉。

「格里亞隊長，那是什麼意思？」完全狀況外的涅可洛可聽不懂。

「嘛，你知道的，那傢伙有一個養狼的同伴，他只是肚子餓了，想要把那隻白色小狼給煮來吃。」格里亞輕笑著解釋。

事實上，剛剛看到那位瑟依的眼神，就連格里亞都動了想要「宰狼」的心。

話雖如此，格里亞一看到他們目前的所在地，讓他忍不住皺眉。

「為什麼我們又回到商會了？」

『我玩夠了。』

暮朔對龍緋煉和格里亞拋出訊息後，打了一個大呵欠。

剛才東奔西跑，又和光明教會大打出手，此時他的臉上寫滿了「疲憊」。

龍緋煉體貼的說：「玩夠了就去休息吧，體力活或腦力活全給風了。」

格里亞聞言，忍不住賞了龍緋煉一記大白眼。

簡單來說，他就捨不得暮朔跑來跑去兼跟人動手，畢竟暮朔的靈魂不太穩定，最好不要做太過激烈的動作，以免讓他的靈魂受到更多的傷害。

暮朔閉上雙眸，一秒進入心靈空間將龍夜踹醒並扔出來。

一眨眼間的交換，讓龍夜有頭昏腦脹的感覺。

他沒想到，不按常理出牌的哥哥大人才說睡飽了要起床，想要出來玩，結果，他出來玩沒多久，又說什麼玩夠了，就把他踹醒，要他接手身體。

對於這位任性到了極點的哥哥大人，龍夜只能含淚起床，面對氣息恐怖的龍緋煉以及不知道為什麼臉色凝重的格里亞。

等等，恐怖？臉色凝重？

龍夜暗自倒抽口氣，天啊！哥哥大人做了什麼？

龍緋煉淡淡看了龍夜一眼，對格里亞拋出一段訊息。

『你的小助手回來了，要不要先把你的親信送走？』

格里亞狠瞪龍緋煉一眼，揮了揮摺扇，「涅可洛可，知道你要做什麼了吧？」

「是，請交給我，格里亞隊長。」

察言觀色，如果副隊長看不出隊長的意思，涅可洛可就不用當副隊長了。

涅可洛可理了理衣服，緩緩朝菲斯特商會內走去。

——閒雜人等都趕光了，你滿意了吧？

格里亞傳了一道憤怒的訊息給龍緋煉。

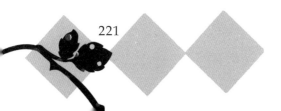

其實，對於暮朔脫離危險後，馬上揮手說再見，把他弟弟丟出來這件事，他頗有微詞，明知道涅可洛可在，就進行兄弟換手，這太不顧旁人感受。

龍夜當時可是睡死的啊！如果龍夜一醒來就對涅可洛可問說「你是誰」的話，他鐵定會抓狂。

既然涅可洛可進入商會，格里亞伸展一下身體，身上骨節發出喀喀響聲，他也差不多可以回去睡覺了……

下一秒，龍緋煉毫不猶豫賞他一記拳頭。

『風，你敢跑，我就讓你「永遠」睡不著。』

龍緋煉說完威脅，才開口說：「欸，看看周圍有什麼奇怪的？」

——你都知道答案了，我還需要看？

格里亞很懶得看，龍緋煉看過一遍不是都知道了，何必明知故問？

『別想太多，有時候不讀心，才會有遊玩的樂趣。』

然後，龍緋煉又補上一句話，『當然，我會先掃一遍，挑到關鍵字後再決定要不要細讀。』

──老狐狸。

格里亞內心真誠的下了一個評論。

「請問現在狀況是？」

龍夜心知不能問之前的事，目光移到商會上，一臉狐疑。

格里亞知道龍夜當時是睡著的，搞不清楚狀況，無奈之下，只好解釋給他聽，「那個影會首領不是說過，這裡是我們該去的目的地？既然回來這裡，一定有原因。」

「嗯。」

雖然腦袋在冒煙，龍夜還是硬著頭皮點頭。

他這一刻是如此的盼望哥哥大人能夠快點醒來，才可以詢問事情的來龍去脈。

只是他搞不清楚，來這裡是有什麼特殊原因。

「不過，說明實在太麻煩，我把我的解釋和他的話整理給你看。」

格里亞手指一抬，白光沒入龍夜的腦中。

龍夜看到影會首領的出現，還有首領所說的話，內心冷汗直流。

還好當時出現的是哥哥大人，不然他根本不知道怎麼應對！

「嗯？」龍緋煉看著商會大門皺眉。

「怎麼了？」格里亞好奇的探頭過去。

「原來有使者。」龍緋煉瞇起紅色雙眸。

「什麼使者？」格里亞乾脆的追問。

龍緋煉橫了他一眼，「左邊的，元素聖物的守護者。」

此話一出，格里亞馬上把頭轉過去，「艾薩・菲斯特？」

商會敞開的大門內，有兩個人並行而出，其中一名是身穿灰色袍裝的中年人，另一名是身穿皮甲，面無表情的青年。

「請問格里亞先生，那個人是誰？」龍夜滿臉問號。

「艾薩・菲斯特，他是菲斯特兄妹的父親。」

「也就是菲斯特商會的會長。」龍緋煉補充。

「另一個人？」龍夜又問。

「……剛剛有人說了，聖物守護者。」格里亞表示他很無奈。

「是，對不起。」

龍夜乖乖地道歉，他才剛睡醒，不過這不能當作沒動腦的藉口，但不知怎地，他發現隊長的神情有些古怪。

「啊，不錯呢！」格里亞輕笑，他是指龍夜剛剛的表情。

「嗄？」

龍夜茫然了一下，想到可能性。

「那個人有問題？」所以自己的無腦反應才有成為掩飾的用處。

「好了，沒有特別注意我們了。」

格里亞說歸說，還是主動往更僻靜的角落走兩步，等其他人跟著過來後，他說出了一個有趣的消息。

「早先在商會門口和席多廢話時，他有多看我們幾眼。」

「啊！」

龍夜發出怪叫聲。

原來當時最大的線索就這樣大大刺刺的當他們的面進入商會，他們居然不知道！

格里亞暗自朝龍緋煉望去，帶著幾分不滿。

龍緋煉只是聳肩回應，懶得與格里亞多說。

當他是心聲收發站是嗎？路上這麼多人，全聽一遍會瘋的。

「難怪他們會起內鬨，原來他們跟元素聖物的守護者認識。」

格里亞暗暗點頭，臉上浮著「活該」的戲謔笑意。

——他們在想什麼？有聖物消息？

嘴巴上說一回事，格里亞拋了訊息給龍緋煉說另一回事。

『沒有。』龍緋煉給了讓格里亞失望的答案，『會長想要把聖物拿回來。』

——不意外。

格里亞打呵欠傳訊息。

『然後那位使者在想是誰把聖物帶走。』

——呵。

格里亞發出輕笑聲，現在會長絕對傷透了腦筋。

『看他們這麼有共識，看來商會真的沒有那個東西？』

龍緋煉拋出的訊息無人回應，讓他想找格里亞麻煩，便看到他將龍夜留在這邊，跑去不遠處蹲著和一名小孩說話。

他看著格里亞與小孩說了好一會，最後拍了拍小孩肩膀，然後走回來。

「威森調查完了，我跟他收情報。」

格里亞解釋，同時也是說給龍夜聽。

「如何？」龍緋煉明知故問。

「如果沒有錯，元素聖物找到了。」

格里亞沒想到，只是想陰掉商會，才會讓威森去調查那個鍊金道具，卻意外得到聖物的消息，這該說是賺到嗎？

龍緋煉聞言，做出「請說」的動作。

「我懷疑，校長根本就知道這件事。」

楓林學院宿舍「307」號房內，龍月手支著下巴，無奈地說。

「同感。」龍夜無奈嘆氣。

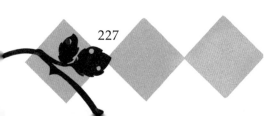

誰能預想到，跟錬金術師有關的萬靈藥任務，與元素聖物相關呢？

「龍夜，動腦時間。」

一旁聽著龍月和龍夜對話的紅髮青年，指明要龍夜回答，「為什麼錬金術師公會的人要搶走元素聖物？」

「嗯？好玩？」

龍夜反射性回答的下一秒，就是被龍月巴頭。

「夜，給我好好回答。」

「月，你好過分。」

龍夜嘟嘴含淚，他的好朋友居然對他動手動腳。

龍月看到龍夜委屈的模樣，露出沒辦法的神情，難怪緋煉大人要努力排除掉自己，看來在自己面前時，這傢伙就會過分放鬆，放鬆到變成無腦生物！

「唔，是因為錬金術？」

龍夜見龍月真的生氣，只好壓榨腦袋，乖乖回答。

「嗯，近了。」龍緋煉繼續壓迫。

龍夜想到先前他在處理校長的第一個任務時，所遭遇到的少女薇紗．凱爾特，皺了皺眉道：「鍊金術與元素有關，如果有元素聖物，可以自由汲取元素，製造他們想要的鍊金產品？」

——低成本、高產值，這是一個好生意。

不知怎地，龍夜想起暮朔以前常常掛在嘴邊的話。

「嗯，差不多是這樣。」

有一個現成又免費的好用道具，那是鍊金術師們最想要的。

而龍月沒有想到，第二件任務的第二項，需要這樣才能完成。

要不是龍緋煉問他們在哪，然後集體在鍊金術師公會會合，不然他們哪有機會證實，元素聖物就在鍊金術師公會裡。

讀心果然是很可怕的能力，尤其還有一個可以「偷」的格里亞在。

如果不是機緣巧合又加上能力特殊，縱使有情報確定元素聖物就在鍊金術師公會，也沒有可能搶在對方轉移前，把東西截到手。

更沒有機會光是面對面的對峙，就把前因後果從別人那裡弄到手。

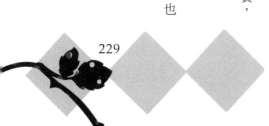

因為一般正常人，絕對想不到小偷會把元素聖物藏在鍊金術師公會，而又有誰能猜到偷走聖物的人，會是凱爾特家族的分支，特奇維亞家族的人。

特奇維亞家族利用在學院護衛隊工作的米雅迪絲，知道了她的工作行程後，由伊米雅·特奇維亞和拉奇·斯多克負責行搶。

拉奇是商會那邊的人，他是想要把鏡子給暗中交給光明教會，只是暫時將鏡子放在鍊金術師公會，等到風頭一過，就可以完成計畫。

而伊米雅是米雅迪絲的妹妹，這也是米雅迪絲被打昏，沒有被殺死的原因。

當他們找到兇手，確定偷竊者是伊米雅·特奇維亞和拉奇·斯多克，格里亞就將他們帶回學院，讓學院發落。

至於鏡子，由於菲斯特兄妹暗示過，加上後來伊米雅和拉奇反抗時的一團混亂，格里亞便趁機將鏡子另放他處，並沒有告知任何人，也就是說他連回報都沒有，直接將鏡子給私吞了。

而大多數人目前知道的消息，全是在戰鬥中聖物——不小心遺失。

雖然這是意外插曲，但龍月覺得很慶幸，還好當時薇紗在公會內準備萬靈藥時，元素聖物還在鍊金術師公會。

貌似因為元素聖物在公會內的關係，陰錯陽差之下，反而做出高水準的萬靈藥來，一點都沒有把凱爾特家族給予的材料浪費掉，

當然，高水準的萬靈藥一出來，薇紗就帶走了一部分。

龍月也無所謂，材料是薇紗那個家族出的，他有分到三分之二的萬靈藥，凱爾特家族也算是大手筆「收買」他們四人了。

而最為重要的校長任務，因為格里亞向上呈報時表示，龍夜等人工作態度非常良好（其實是被龍緋煉逼著說的），就讓他們通過。

他們也能將萬靈藥保留下來，給自己使用。

這是龍緋煉的目的，同時也是龍月的目的。

龍緋煉看了龍夜和龍月兩人一眼後，道：「暮朔說想要跟你們好好談話，我就先離開了。」

不待回應，龍緋煉拋出一道法陣，當場走人。

龍月反而不知道該說什麼好，暮朔想要跟「他們」談？

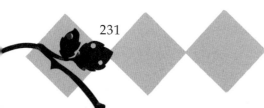

誰跟誰，他跟疑雁？

萬靈藥完成後，疑雁那小子就不見了，雖然他們當時任務在身，門禁可以不用管，但到現在都還沒有看到他的人影，讓龍月感到納悶。

『嗯，疑雁小鬼不見應該是那個原因。』

「嗯？什麼原因？」

暮朔的嗓音在龍月的心裡迴盪，龍月反射性回答。

『沒什麼，銀狼族的人出現了。』

「嗯？這怎麼一……等等，暮朔我怎麼會聽到你的聲音？」

龍月嚇到，他發現龍夜的臉上震驚萬分，這才知道他現在是在與居住在龍夜內心裡的暮朔說話。

『緋煉都說我有話要跟你們好好談了，何必大驚小怪。』暮朔笑了笑。

龍月只能尷尬地搔臉回應，他這是第一次啊！

『恭喜你獲得萬靈藥。』暮朔道：『我聽緋煉說，這是你想要幫我做的，讓我心情複雜。』

暮朔這句話是百分之百真情流露，他沒想到，龍月居然會為他著想，他只是龍夜的朋友，不是他的，卻這麼努力的想為他做點什麼。

「那把劍。」龍月抓了抓頭髮，隨便找了一個理由，「你不是送我一把劍？」

『那是順手的。』暮朔嘆氣。

當時不是已經把「劍」的交易規則說完了嗎？怎麼又提！

「那我也只是順手的。」龍月有樣學樣的回答。

或許以暮朔觀點來看，龍月幫他做事很不合理，但龍月不這麼認為，暮朔願意替龍夜犧牲這麼大，他替暮朔做這一點小事，一點都不會麻煩。

所以這個順手，他說的心安理得。

『唉。』

暮朔長嘆口氣，所以，他才不想讓多餘的人知道這件事。

他不喜歡有人替他操心，會讓他有負擔的。

『你這樣會慣壞小鬼的。』暮朔想了想之後，才道：『萬靈藥給緋煉吧？比放在你這安全。』

「早就給他了。」龍月吐血表示，「緋煉大人直接拿走。」

對於打劫不落人後的龍緋煉，龍月完全不敢說什麼。

『嘛，他擔心小鬼知道有萬靈藥，就不會找那位隊長大人了嘛！』

「暮朔。」聞言，龍夜哭笑不得的向哥哥大人抱怨道：「我現在是真心想協助格里亞先生工作。」

只是任務完成後，格里亞揮揮衣袖，開心的要他回宿舍休息，獨自跑去找校長。

『是嗎？』

暮朔詭異的低笑兩聲，『我們打賭？你一定會變懶，過不了幾天，一定會把想要幫忙那位隊長的事情給拋到腦後。』

「絕對不會。」龍夜非常肯定。

萬靈藥的效果尚未嘗試，龍夜不敢保證萬靈藥有用，最好還是繼續幫忙格里亞，找機會偷偷學習靈魂治療的方法。

他相信，只要他願意努力，總有一天，格里亞一定會教導他靈魂治療。

『加油，小鬼。』暮朔真誠的說著。

對於自家弟弟願意堅持主動學習，他不需要做出無謂的打壓行為。

聽到暮朔替自己加油打氣，龍夜露出淺淺的笑。

得到哥哥大人的認同，這可是比自己確定學習目標還要開心！

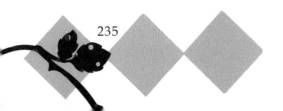

離開的少年

雪白色的小狼發出低低的嗚聲，銀髮少年站在一名身穿黑袍的銀髮男子，以及身穿學院制服，有著偏白灰色短髮的男子身前，眼簾低垂，沒有多說一句話。

「疑雁大人，請您做出決定。」黑袍男子催促道，「再這樣下去的話，您的性命會不保。」

疑雁偏開視線，望著腳邊發出嗚嗚聲的小狼，依然沒有開口。

「那位傳說中的大人會殺了你的。」

灰髮男子說著，額外瞪了銀髮男子一眼，頗為無奈地說：「要不是他多事，疑雁大人就可以在那邊多加逗留，嘖，調查賢者線索的最好機會就這樣沒了。」

他沒想到，在銀凱商店區居然有這麼多的好戲登場，而這位仁兄居然也有一份，連帶的是與龍夜等人一同行動的疑雁無故遭殃。

「算了，沒關係。」

終於，疑雁開口了。

「可是這樣一來……」

黑袍男子眉頭微皺，擔心的看著疑雁。

雖說他們是怕疑雁被龍緋煉宰掉才決定搶先帶走他，但他們的這個舉動可能會讓龍緋煉那方起多餘的疑心。

因為這算是欲蓋彌彰吧？

人一旦帶走，就算龍緋煉只是想想而已，也會演變成一定要殺。

「現在，多說無用。」

疑雁蹲下身，摸了摸腳邊的小狼，一臉無所謂。

生死存亡之際，這次就算暮朔願意保他，龍緋煉真的放棄不殺，日後他日子也難過，畢竟他的族人都知道暮朔的真實身分，就算他身上綁著暮朔的禁言契約，也像是虛設的契約，沒有任何的禁制作用。

所以，最好的方法是直接走人，遠離龍夜他們，離開楓林學院。

是的，他必須隨著這兩人……暫時離開。

——雙夜04消失的聖物（下）　完

postscript

後記

首先，辛苦編輯平和万里，每次都要煩惱我的稿子進展，還有擔心內容的問題，還真的是麻煩到她了（掩面）。

雙夜第四集終於結束啦！

不知道是不是第一次打上下集的篇章關係，在敲第四集的時候，還會擔心故事接續上會不會有讓人搞不清楚的問題。

這次的後記有一點小劇透，所以有習慣先看後記的小讀者最好忍住要繼續看後記的衝動，先去看內文喔！

這次的最大苦主獎要頒給格里亞，一直被暮朔和龍緋煉調侃，還被龍夜誤會到連龍緋煉和暮朔都笑到不行，兩人還偷偷頒給他好人獎。（雖然格里亞本人完全不知情。）

就連格里亞罵暮朔，也會被龍緋煉威脅，格里亞真的好可憐，不愧是我最喜歡的角色之一。

（你確定不是苦情角色，而是喜歡？）

而格里亞的身分也在這一集內，「完整」的公開出來，這也是他為什麼會這麼怕龍緋煉、有些壞習慣跟暮朔一模一樣的主因。

撇開被吃得死死的格里亞不談，這次格里亞的副隊長涅可洛可也挺慘的，要不是因為他們家的隊長，他也不會衰成這樣，這要說，有這樣的隊長，只能請隊員們多多擔待了。

依照學院護衛隊目前狀況，格里亞應該要給他加點薪水，或者是給他放放假吧！只是看學院護衛隊忙碌狀況，應該沒有人敢提吧？

（席多&涅可洛可表示：沒錯，格里亞隊長只會賞我們一記風刃，才不會給我們錢、也不會給我們放假！）

話雖如此，但我還是想要大喊，龍夜你終於長大了！雖然萬靈藥被拿走，但還是願意當格里亞的小助手。

不過格里亞以後都要小心了吧？要防止心情複雜，對於自己的哥哥地位快要被搶光的暮朔報復。

另外，有關於這一集的結尾讓我考慮了很久，最後還是決定要這麼做，希望喜歡某人的粉絲不要殺我！

以下是我的出沒地點，歡迎大家踏踏～

部落格：http://wingdark.blog125.fc2.com/

噗浪（PLURK）：http://www.plurk.com/wingdarks

想實現你的夢想嗎？

想探索未知的世界嗎

下一個出現在這裡的
也許就是你的作品！

投稿創作，請上：螞蟻創作網
(http://www.antscreation.com)

■本期推出■

■零區啟動■

逆行世界05 END

習慣，是一件可怕的事情——
尤其是……
你曾經嘗試過，十分專注的做某件事情嗎？眼睛一眨也不眨，慢慢的它會開始充血、變紅……「殺紅了眼」這句形容，就是這麼來的。
接下來，你會發現身體彷彿有了自己的意識，脫離你的掌控，開始慣性而重複的執行相同動作。
最後的結果是，毀滅。毀滅自己，或者是毀滅眼前的事物。在反世界中，人們不是因為血緣或者力量而群聚在一起。神秘的「系統」，以逆行者與王者為網絡，維持著這個世界。逆行者與王者之間的戰爭是系統崩壞所引起的？還是這場戰爭，導致了系統的加速毀滅？
答案，即將在某個人身上揭曉……

九月開學季，好朋友作陣來K書～

麻吉一起來看書，專屬好禮送給你！

除了專屬好禮外，還有神祕小禮物讓你分送親友團喔

1. 活動時間

2011年09月14日起至2012年02月29日止

2. 活動辦法

1>介紹人購買任何一本《飛小說・R》系列小說，並填妥書後「讀者回函卡」，寄回新北市中和區中山路2段366巷10號10樓--「不思議工作室」收，即完成報名手續。

2>介紹人推薦五個親友購買任何一本《飛小說・R》系列小說，並填妥書後「讀者回函卡」並註明介紹人之真實姓名，寄回新北市中和區中山路2段366巷10號10樓--「不思議工作室」收

3>介紹人一旦推薦五個親友，即可獲得特製馬克杯乙個，推薦十個親友可獲得特製馬克杯貳個，以此類推，推薦人數不限，推薦越多可換越多。另有神祕小禮物可分送親友團喔！

3. 活動獎項

1>特製馬克杯>除了可以選擇自己喜歡的封面（如果想等書籍之後的封面，以便有更多選擇，那麼收到聯絡信件時，請務必告知不思議工作室，可以保留製作），也可讀者設計專屬字樣，例如：讀者的英文名、喜愛的句子等等。

注意事項>如果在活動截止前，仍未出現喜歡的封面，可壓後到2011/12/31製作，但如果在2011/12/31前（以EMAIL收到時間為準）尚未提出製作，視同放棄資格。

2>神祕小禮物>依親友來函人數，隨馬克杯贈送給介紹人，讓其分送親友團。

4. 得獎公佈

介紹人一旦推薦滿五個親友，不思議工作室將會以手機、EMAIL與該介紹人聯繫。

小提醒：詐騙猖獗，如遇要求先行匯款，請撥打165防詐騙專線。

5. 注意事項

1>資料未填妥完全者，視同放棄得獎資格。
2>本活動領獎方式須配合主辦單位領取方式，無法配合視同放棄。
3>主辦單位保留取消、終止、修改或暫停本活動之權利。
4>如有任何疑問，請於上班時間（週一至週五）來信：book4e@mail.book4u.com.tw

詳細活動內容，以官方部落格（http://book4e.pixnet.net/blog）公布為準。

☞您在什麼地方購買本書？☜

□便利商店＿＿＿＿＿□博客來　□金石堂　□金石堂網路書店　□新絲路網路書店

□其他網路平台＿＿＿＿＿□書店＿＿＿＿＿市／縣＿＿＿＿＿書店

姓名：＿＿＿＿＿地址：＿＿＿＿＿＿＿＿＿＿＿＿＿＿＿＿＿＿＿＿＿＿＿＿＿

聯絡電話：＿＿＿＿＿電子郵箱：＿＿＿＿＿＿＿＿＿＿＿＿＿＿＿＿＿＿＿＿＿

您的性別：□男　□女

您的生日：＿＿＿＿＿年＿＿＿＿＿月＿＿＿＿＿日

（請務必填妥基本資料，以利贈品寄送）

您的職業：□上班族　□學生　□服務業　□軍警公教　□資訊業　□娛樂相關產業

□自由業　□其他＿＿＿＿＿＿

您的學歷：□高中（含高中以下）　□專科、大學　□研究所以上

☞購買前☜

您從何處得知本書：□逛書店　□網路廣告（網站：＿＿＿＿＿＿＿＿）　□親友介紹

（可複選）　□出版書訊　□銷售人員推薦　□其他

本書吸引您的原因：□書名很好　□封面精美　□書腰文字　□封底文字　□欣賞作家

（可複選）　□喜歡畫家　□價格合理　□題材有趣　□廣告印象深刻

□其他＿＿＿＿＿＿＿＿＿＿

☞購買後☜

您滿意的部份：□書名　□封面　□故事內容　□版面編排　□價格　□贈品

（可複選）　□其他

不滿意的部份：□書名　□封面　□故事內容　□版面編排　□價格　□贈品

（可複選）　□其他

您對本書以及典藏閣的建議＿＿＿＿＿＿＿＿＿＿＿＿＿＿＿＿＿＿＿＿＿＿＿＿＿＿

＿＿＿＿＿＿＿＿＿＿＿＿＿＿＿＿＿＿＿＿＿＿＿＿＿＿＿＿＿＿＿＿＿＿＿＿＿＿

＿＿＿＿＿＿＿＿＿＿＿＿＿＿＿＿＿＿＿＿＿＿＿＿＿＿＿＿＿＿＿＿＿＿＿＿＿＿

✌未來您是否願意收到相關書訊？□是　□否

✍感謝您寶貴的意見✍

✌From＿＿＿＿＿＿＿＿＿＿＿＿@＿＿＿＿＿＿＿＿＿＿＿＿＿＿＿＿

♦請務必填寫有效e-mail郵箱，以利通知相關訊息，謝謝♦

印刷品

$3.5
請貼
3.5元
郵票
不思議信箱
FUSIGI POST

235 新北市中和區中山路二段366巷10號10樓

華文網出版集團　收

（典藏閣－不思議工作室）

My brother,
lives in my body.

DARK櫻薰/NOVEL
薩那SANA.C/ILLUST

004

我們改寫了書的定義

董 事 長　王寶玲

總 經 理　兼　總編輯　歐綾纖

出版總監　王寶玲

印 製 者　和楹印刷公司

法人股東　華鴻創投、華利創投、和通國際、利通創投、創意創投、中國電視、中租迪和、仁寶電腦、台北富邦銀行、台灣工業銀行、國寶人壽、東元電機、凌陽科技(創投)、力麗集團、東捷資訊

◆台灣出版事業群　新北市中和區中山路2段366巷10號10樓

TEL：02-2248-7896

FAX：02-2248-7758

◆倉儲及物流中心　新北市中和區中山路2段366巷10號3樓

TEL：02-8245-8786

FAX：02-8245-8718

雙夜/DARK櫻薰作. -- 初版. 一新北市：
華文網，2011.05-
冊； 公分. --(飛小說系列)
ISBN 978-986-271-152-1(第4冊：平裝). ----

857.7 100005809

My brother,
lives in my body.

DARK櫻薰/NOVEL
薩那SANA. C/ILLUST

004

雙夜

消失的聖物（下）

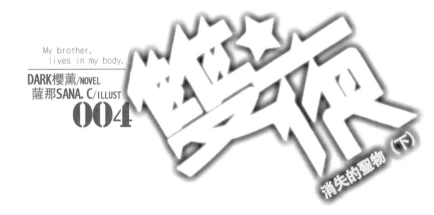

飛小說系列015

雙夜04-消失的聖物(下)

出版者■典藏閣
作　者■DARK櫻薰　　繪　者■薩那SANA.C
總編輯■歐綾纖　　企劃主編■平和万里
製作團隊■不思議工作室
郵撥帳號■50017206采舍國際有限公司（郵撥購買，請另付一成郵資）
台灣出版中心■新北市中和區中山路2段366巷10號10樓
電　話■(02)2248-7896　　傳　真■(02)2248-7758
物流中心■新北市中和區中山路2段366巷10號3樓
電　話■(02)8245-8786　　傳　真■(02)8245-8718
ISBN■978-986-271-152-1
出版日期■2012年02月
全球華文國際市場總代理／采舍國際
地　址■新北市中和區中山路2段366巷10號3樓
電　話■(02)8245-8786　　傳　真■(02)8245-8718
新絲路網路書店
地　址■新北市中和區中山路2段366巷10號10樓
網　址■www.silkbook.com
電　話■(02)8245-9896
傳　真■(02)8245-8819